Wenn sich zwei Großstadtindianer aufmachen und mit dem Eisernen Pferd gen Wilden Südosten reiten, dann übertrifft die Wirklichkeit alle Erwartungen: Kuhligk und Wagner gehen auf die Pirsch im tiefsten Heinrich-Heine-Land, vorbei an Legionen von Gartenzwergen, in den Gaststeppen röhren die Stoffhirsche, Resopaltische allüberall und der ferne Klang eines einsamen Waldhorns – juhee! Das ist der Harz, *wo die frommen Hütten stehen und die freien Lüfte wehen*. In sieben Gängen und einem Nachsatz aus humorvoll-beißender Prosa, Lyrik, Essays und Textskizzen ergründen und demontieren Kuhligk und Wagner *die hohe Idee von Deutschheit* neu und ehren dabei den großen Dichter Heinrich Heine.

Björn Kuhligk, geboren 1975 in Berlin, lebt dort und arbeitet als Buchhändler. Er leitet die Lyrikwerkstatt »open poems« der Literaturwerkstatt Berlin. Zusammen mit Jan Wagner gab er die Anthologie *Lyrik von Jetzt* (Köln 2003) heraus. Im Berlin Verlag erschienen seine Gedichtbände *Am Ende kommen Touristen* (2002) und *Großes Kino* (2005). Er ist außerdem Herausgeber des *Berliner Kneipenbuchs* (BvT, 2006, mit Tom Schulz).

Jan Wagner, geboren 1971 in Hamburg, lebt seit 1995 in Berlin. Lyriker, Übersetzer englischsprachiger Lyrik, freier Rezensent. Zusammen mit Björn Kuhligk ist er Herausgeber der Anthologie *Lyrik von Jetzt* (Köln 2003). Im Berlin Verlag erschienen seine Gedichtbände *Probebohrung im Himmel* (2001) und *Guerickes Sperling* (2004) sowie ein Band mit Übersetzungen ausgewählter Gedichte von James Tate, *Der falsche Weg nach Hause* (2004).

Björn Kuhligk · Jan Wagner

DER WALD IM ZIMMER

Eine Harzreise

Berliner Taschenbuch Verlag

FSC
Mix
Produktgruppe aus vorbildlich
bewirtschafteten Wäldern und
anderen kontrollierten Herkünften

Zert.-Nr. GFA-COC-1223
www.fsc.org
© 1996 Forest Stewardship Council

Originalausgabe
Januar 2007
BvT Berliner Taschenbuch Verlags GmbH, Berlin

Umschlaggestaltung: Rothfos & Gabler, Hamburg,
Fotos im Innenteil © Jan Wagner, Björn Kuhligk
Gesetzt aus der Garamond von Greiner & Reichel, Köln
Druck und Bindung: Clausen & Bosse, Leck
Printed in Germany
ISBN-13: 978-3-8333-0437-8
www.berlinverlage.de

DER WALD IM ZIMMER

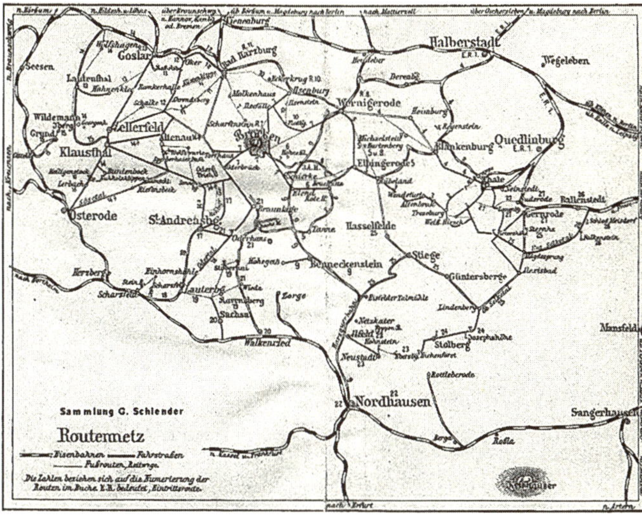

Schwarze Röcke, seidne Strümpfe,
Weiße höfliche Manschetten,
Sanfte Reden, Embrassieren –
Ach, wenn sie nur Herzen hätten!

Herzen in der Brust, und Liebe,
Warme Liebe in dem Herzen –
Ach, mich tötet ihr Gesinge
Von erlognen Liebesschmerzen.

Auf die Berge will ich steigen,
Wo die frommen Hütten stehen,
Wo die Brust sich frei erschließet
Und die freien Lüfte wehen.

après henri (1)

auf die berge will ich steigen,
wo der eichelhäher lauert
und das erz in kühlen adern
seine sommer überdauert.

mit den wäldern will ich klettern,
bis sie wurzeln schlagen müssen;
in die schräge satter wiesen,
wo sich klee und kühe küssen.

auf die hänge, wo die frommen
hütten kauern, will ich steigen,
auf zu gipfeln, die den zeiten
ihre kalten schultern zeigen.

schweigen wiegen mit den steinen,
in die wasserfälle brüllen,
was zu viel ist, liegen lassen,
was sich leerte, wieder füllen.

auf die berge will ich steigen,
spüren, wie ich kleiner werde,
unter meinen bleichen beinen
zunimmt das gewicht der erde.

HOTEL
»HEINRICH HEINE«

1

»Im allgemeinen werden die Bewohner Göttingens eingeteilt in Studenten, Professoren, Philister und Vieh; welche vier Stände doch nichts weniger als streng geschieden sind. Der Viehstand ist der bedeutendste.«

Heinrich Heine: *Die Harzreise*

Die erste Hochrechnung

Die Stadt Berlin. Berühmt für ihren innovativen Bürgermeister, eine Verschuldung, die ihresgleichen sucht, Mengen von Parallelgesellschaften und dafür, daß die Anzahl der dort hausenden Ratten die der zweibeinigen Einwohner um ein vielfaches übersteigt. Es ist Wahltag. Noch heute morgen war ich mit meiner Freundin in einer Kreuzberger Grundschule. Wir standen uns in verschiedenen Kabinen schräg gegenüber. Man kann das Papier übrigens, raunte uns ein fröhlicher Lehrer zu, als er uns die Wahlzettel aushändigte, auch in den Mund nehmen und darauf herumkauen, dann wird es ungültig. Deutschland wählt. Man kann nichts dagegen machen. Ich verabschiede mich von meiner Freundin in einer historisch-schwierigen Situation.

Einige Stunden später. Deutschland hat noch mehr Papier in die Urnen geworfen. Wir fahren mit der Bahn nach Göttingen. Das ist der Anfang. Hier gehts los. Kurz vor Wernigerode sieht man den Harz als Wallung, als etwas vor Urzeiten Ineinandergeschobenes. Wir werden bei Johanna und Hauke, der das Literarische Zentrum Göttingen leitet, übernachten. Sie haben uns schon vor Wochen eingeladen, die erste Nacht unserer Reise bei ihnen zu verbringen. In ihrer Wohnung angekommen, setzen wir die Rucksäcke ab. Auf der Terrasse kredenzen uns die beiden frisches klares Göttinger Wasser. Sie behaupten trotz unserer winzigen spaßigen Anmerkungen doch vollen Ernstes, daß das Göttinger Wasser eine hervorragende Qualität habe. Ich lege mir eine typisch-berlinerische rüde Bosheit parat, von der ich anschließend werde behaupten können, daß sie nicht so gemeint war: Als Ureinwohner würde man manchen Sitten unterliegen. Wir trinken, und mein Berliner Souvenir bleibt bei mir, denn tatsächlich schmeckt dieses Kranwasser besser als in Berlin, besser als anderswo, milder, weicher, freundlicher. So muß das jetzt weitergehen, denke ich, mit der Wahl, mit Deutschland, milder, weicher, freundlicher. Deutschland könnte genesen an Göttingens Leitungswasserwesen. Der erste Kalauer. Fängt ja gut an.

Abends gehen wir in die Lieblingspizzeria der beiden, wo uns wagenradgroße Pizzen und Rotwein serviert werden. Schon nach einer dreiviertel Stunde brechen wir wieder hektisch auf, um die erste Hochrechung live im Fernsehen zu erleben. In der Wohnung angekommen, werden wir wieder mit Rotwein versorgt, den wir aus stilvollen, handschmeichelnden Weingläsern schlürfen. Die erste Hochrechnung. Keiner sagt was. Nach fünf, sechs Augenblicken redet dann alles durcheinander, zwischendurch Rotwein. Zweite Hochrechnung. Neuer Rotwein. Und so weiter. Deutschland hat gewählt. Man konnte nichts dagegen machen. Auch das elektronische Fräulein der Zeitansage hätte antworten können. Was für ein jämmerlicher Haufen. Meine Damen und Herren Arbeitnehmer, wir freuen uns weiterhin auf die Zerbröselung der bestehenden Ladenöffnungszeiten, auf die Zermürbung familiärer Strukturen derer, die jobbedingt an die Ladenöffnungszeiten gebunden sind, wir freuen uns herzzerrüttend auf die Verlängerung der Probezeiten, nein, da darf, da soll man nichts sagen. Am Horizont erkennt man nun die Göttinger Hartz-4-Empfänger um die in Flammen stehenden Abfallhalden, die sich vor den Toren der Stadt in allen vier Himmelsrichtungen an den Ausfallstraßen befinden, derwischartig tanzen. Neben den Feuern agieren große krakenförmige Geräte, die SOS-Signale ins All schicken, betätigt von Debilen, die ihre Köpfe in die Nacken legen, wartend, auf den oder das, der oder das da kommen möge, hurra.

Völlig überkandidelt legen wir uns gegen halb zwei auf die Matratzen. Leise hören wir noch die Druckmaschinen des Steidl Verlages, der dreißig Meter entfernt liegt. Nein, wir sind viel zu müde, um noch irgend etwas Entferntes zu hören. Womöglich erleben wir den Druck eines dieser großartigen Fotobände, ohne es zu merken. Deutschland hat sich entschieden. Ich merke mir, daß ich in den nächsten Tagen sehr viel und ausdauernd laufen muß, um das alles zu vergessen. Es wird nicht helfen.

Protokoll Globetrotter

Schönen Rucksack hast du da, gut sieht der aus. Hatte ich auch mal, so einen. Ist aber schon eine ganze Weile her, früher mal, weißt du. Ich bin ja ziemlich rumgekommen, war mal hier und mal da, quer über die Kontinente, frei wie ein Vogel, mal in diesem Land, mal in einem anderen. Haben sie mir dann schließlich geklaut, den Rucksack. In Rethymnon war das, das ist auf Kreta, griechische Insel, da war ich zu der Zeit, als das passierte. Hafenstadt ist das, Rethymnon, Nordküste, irgendwie klein, aber dann auch wieder nicht so klein. Eine alte Festung haben sie da, Ruine eher, du weißt schon. Da haben sie mir dann meinen Rucksack geklaut. Genau wie deiner hier, auch so blau, schön. Und sogar Moscheen. Jedenfalls: Ich hab das gar nicht gemerkt, weiß gar nicht, vielleicht wollte ich gerade telefonieren oder war kurz drinnen im Café, du weißt schon. Und schon war er weg. Nie wiedergesehen, einfach weg. Also alles, sag ich dir, da war ja alles drin, was ich hatte, Klamotten sowieso, aber auch Geld und Ausweis, eben alles. Und ich auf Kreta, aufgeschmissen, völlig abgebrannt. Zum Glück habe ich dann diese russische Touristin kennengelernt, die gar keine war, Russin schon, klar, aber keine Touristin, jedenfalls nicht so wirklich, weil sie nämlich eine Gräfin war, echt russisch und dazu noch Gräfin, also echt beeindruckend, irgendwie, elegant und so, und die schenkt mir dann Geld, einfach so, weil sie sieht, wie ich dastehe ohne alles und ziemlich verzweifelt bin, klar, ist ja alles weg, und ich im Hafen von Rethymnon wie ein Fisch auf dem Trockenen, wenn man so will, und ich sage ihr: geschenkt auf gar keinen Fall, aber natürlich habe ich das Geld genommen, ich brauchte das ja, dringend sogar, und ich danke ihr also und sage, geschenkt nicht, kommt gar nicht in Frage, ich schicke Ihnen das Geld auf jeden Fall nach Rußland, nach Moskau oder Petersburg, egal wohin, sobald ich zu Hause bin, auf Ehre und Gewissen, verehrte Gräfin, das schwöre ich Ihnen bei allem, was mir heilig ist, und das habe ich dann gemacht, ist ja irgendwie auch klar. Du hättest nicht zufällig eine Zigarette für mich?

henri en route (1)

kurz hinter göttingen verstellt kein buch
dir mehr die sonne, alle lesesäle
sind grün und duften nach wacholderbeeren.

die morgenluft, die frisch gewaschen über
der landstraße hängt: die esel schleppen ihr grau
zurück in den stall. das schnalzen der treiber.

müde die studenten in ihren ein-
spännern, vornübergebeugt wie fragezeichen.
und ein paar, das übrigbleibt von der nacht,

bemerkt die eiche, die zwischen ihnen empor-
geschossen ist. macht platz, ihr schatten:
dort hinten kommen sie, die kichernden

mägde, ihre kühlen milchlaternen.

waldstück

die tannenzapfen, dick wie biberkellen,
doch keine biber. nur die braunen schwämme,
dem eigenen wachsen lauschend, an den stämmen,
der weg, zerwühlt von unsichtbaren keilern.

der waldmeister, die duftende standarte,
zeigt guten boden an. die wurzelstöcke
und stümpfe, über die man eine spitzendecke
aus moos gebreitet hat: nimm platz und warte.

die stille und das trübe kellerlicht
des walds am nachmittag. und keine bären,
auch wenn dort vorn die gelben tatzenspuren
der blätter leuchten, die der ahorn legt.

henri en route (2)

ankunft und abschied und dazwischen nichts
als eine erbsensuppe – und ein kellner
namens kolibri: das wirtshaus, nörten,

das licht, das in den butzenscheiben gärt
und trübe wird; die zungen aus papier
und fliegenleim, die von der decke lecken –

ein genrebild, mit zwiebelduft fixiert.
bussenia aber, die alte wirtin, die
in butterbroten redet, hat dich gern;

und dein ranzen ist leichter; und der kellner flattert
mit dir zur tür hinaus und dankt: für ihn
auf einem tische, schimmernd, deine blaue

hose, ausgebreitet wie ein delta.

2

»Diese Stadt hat so und so viel Häuser, verschiedene Einwohner, worunter auch mehrere Seelen, wie in Gottschalks ›Taschenbuch für Harzreisende‹ genauer nachzulesen ist.«

Heinrich Heine: *Die Harzreise*

Gefühlte 23 Grad im Schatten

Die Wahlnacht liegt wie eine Ratte im Mund. Die Müdigkeit drückt pochend gegen die Schläfen. Ich konnte spätnachts die Phrasendreschmaschine nicht mehr ertragen und konzentrierte mich nur noch auf die Kleidung der Fernseh-Akteure. Es war erstaunlich, wie viele Krawatten nicht zu den Zweireihern passten. So viel Wahl hatte ich noch nie. Noch nie an einem Tag. Noch nie hatte ich so oft den denkwürdigen Satz »Koalitionen sind keine Liebesbeziehungen, sondern Zweckbündnisse« gehört.

Hauke tischt uns ein der vergangenen Nacht angemessenes Frühstück auf. Später macht er mit uns einen Rundgang durch die Veranstaltungs- und Büroräume des Literarischen Zentrums, vor dem wir uns dann nach einer Stunde von ihm verabschieden. Alles auf Sturm.

Wir spazieren durch Göttingen. Die Stadt ist eine dieser gruseligen Studenten-Hochburgen, in denen alles so lockerleicht zu funktionieren scheint. Schon vormittags ist alles überfüllt mit Fahrradfahrern, Brunnenerklärern und Taubenfütterern. Keine Penner, keine Punks, keine Skins, nichts, was diesem herzerfrischend-schönen Städtchen unbehaglich werden könnte. Einkaufsfamilien und Kinderwagenschieberpärchen schlendern umher. Es muß doch klar sein, daß es keinen rational-erklärbaren Grund gibt, Kinder auf dieses zerschundene Etwas zu setzen. Das muß was anderes sein. Im besten Fall ein Ziehen,

Drücken, Drängeln, vielleicht in Kopf, Bauch, Zirbeldrüse. Dann genügt das als Erklärung. Alles andere ist nichts als Geschwätz.

Als hätte ich danach gesucht, entdecke ich doch noch einen Penner, der unruhig über den Rathausmarkt streift. In seiner rechten Hand hält er einige Tüten, die hinter ihm herschleifen. In unregelmäßigen Abständen schwillt diesem leicht hyperaktiven Kerlchen die Halsschlagsader sichtbar an. Plötzlich bleibt er stehen, und brüllt »Hallo Tokio?« in seine linke Faust. Schön hier, wie zu Hause.

Göttingen war in den Endachzigern bekannt für seine straff organisierte autonome Szene. Ich kann mich an Reportagen und Fotostrecken erinnern, die in einigen Berliner Magazinen der linken Szene abgedruckt waren. Eine Demonstration mit vielleicht 5000–6000 Teilnehmern, rechts und links außen war der Pulk von Autonomen mit schwarzen Motorradhelmen gänsemarschierend gesäumt, die sich beiderseits mit zwei langen Seilen miteinander verbanden, um die Demonstration so besser gegen ein eventuelles Eingreifen der Polizei zu schützen. Das Konzept war bahnbrechend, machte Furore, doch wurde es nie in dieser Form woanders umgesetzt. Später, in den Anfangsneunzigern, stellte Göttingen eine der Hochburgen der Exil-PKK dar. Früher war das meine wilde Vorstellung von Göttingen.

Gefühlte 23 Grad im Schatten, die Frisuren sitzen, wie sie andernorts nicht sitzen sollten. Wir hocken auf den Stufen des Brunnens, dessen an der Spitze angebrachte Figur »Gänseliesel«

genannt wird. Wenn einer dieser zahlreichen Studenten seine Promotion abgeschlossen hat, kann er (oder muß, wenn es die Tradition vorschreibt) die Liesel, eine bronzefarbene Frauenfigur, küssen und ihr eine Blume dalassen. Fünf vertrocknete Rosen hängen nun an ihr. Also auch eine Stadt, die ihre Reize hat. Gegenüber des Rathauses die gepreßten Fachwerkgebäude. Da ist nichts mehr zu erwarten. Außer, daß Tschibo zu Eduscho wird.

Nun geht es tatsächlich los. Auf in die Wälder, in die Wildnis. Tagebuch auf der Wade führen. Das Piepen der Vögel meditativ verarbeiten. Wir fahren mit einer Bimmelbahn Richtung Northeim. Der Waggon ist gefüllt mit vielleicht dreißig Schülern und ebenso vielen Handys. Jedes zweite wird lautstark als Musikanlage genutzt, so daß sich die Hits von heute zu einem sich überlagernden Klangteppich ausbreiten. Zwei der Jugendlichen sitzen nebeneinander, zwischen ihnen steht ein kleiner Ghetto-Blaster in Achtziger-Jahre-Manier, aus dem die Musik ihrer Eltern dröhnt, unterlegt mit 120 beats per minute. Lehrer sind nicht auszumachen. Mon dieu, was wäre das für ein Alptraum, diese ganze durcheinander musizierende und schwatzende Horde zu betreuen. Würde uns einer von den Pubertierenden fragen, was wir denn gerade so machen, und wir wären so entrückt, es ihnen zu sagen – Heine und so –, meine Fresse, die würden uns ansehen, als hätten wir nicht mehr alle. Als die Bimmelbahn kurz an einer 50-Seelen-Milchkanne hält, lese ich an einem Haus: Mordexpress. Auf den zweiten Blick wird es dann doch zum Modeexpress.

In Osterode essen wir vor dem Ratskeller unter einer alten Eiche. Immer wieder fallen die Früchte herunter und ploppen hart auf das Katzenkopfpflaster. Kurze helle Geräusche. Am Nebentisch sitzen vier mittagspausierende akkurat ausstaffierte Anzugträger, die wie der Vorstand der FDP-Ortsgruppe Osterode OT Bocksberg wirken. OT, mein lieber über vierzig Jahre alter Westrepublikbundesbürger, heißt Ortsteil. Muß ich dir das auch noch erklären als Westberliner Mauerkind, das bis zu seinem vierzehnten Jubeltag keine Felder, selten den Himmel und niemals ein größeres Gewässer gesehen hat und nach dem Fall der Mauer (fiel ja alles um) solche Ängste ausstand, die platt getretene Fläche Westberlins Richtung Umland (oder Speckgürtel, wie man sagt, als würde das satt machen) zu verlassen, daß Hautausschläge, Verdauungsprobleme und Schlimmeres auftraten. Während wir Richtung Osteroder Ortsausgang laufen, kommen wir an einem SPD-Büro vorbei, einem kleinen Häuschen, in dem man eigentlich eine Quelle-Filiale und im Hinterhof einen Getränkestützpunkt vermuten würde. So sehen Verlierer aus. Drei Stunden später sitzen wir auf einer Bank oberhalb des Sösestausees, der auch als Fjord durchgehen könnte. Rautenförmige, an den Rändern leicht ausfransende Sonnenflekken auf dem bemoosten Wurzelboden, vier mal zwei Schmetterlinge und drei Vögel, die umeinander kreisend, immer höher steigen. Man sieht die wenigen Autos, die die Talsperre befahren, als kleine, kurz aufblinkende Punkte. Ein sehr, das muß man so sagen und stets darauf beharren, schöner Ort.

Am Nachmittag erreichen wir Kamschlacken, einen nordöstlich-gelegenen Ortsteil von Osterode. Im Café Schulze, vor der

Kulisse einer Plastikkatze und eines Emaille-Hundes, essen wir im Garten Hexentorte. Hexentorte besteht aus fast allen Zutaten, mit denen man je einen Kuchen zusammenstellte, und das in rauhen Massen, versehen mit darüber geträufeltem Eierlikör, was ungeheuer schnell satt macht. Zudem ist es ein für die Geschmacksnerven hochexplosives Gemisch. Eine am Nebentisch sitzende Gleichaltrige spricht uns an. Sie sei aus Bremen, hätte dort alles aufgegeben und hier nun eine Ausbildung zur Forstwirtin begonnen. Drei Jahre würde es dauern. Ein Männerberuf, sie weiß das, sagt sie, ohne daß wir danach gefragt hätten. Es seien sechs andere Azubis in dem Waldbetrieb, alles Männer, alle recht ruppig, aber sie komme klar. Sie löffelt Tomatensuppe und trinkt dazu Cappuccino. Vielleicht braucht man diesen Mix, um hier klarzukommen. Als sie beim Wirt bezahlt und mit ihm schwatzt, erkennt er sie als die Opernsängerin aus dem Wald. Er sagt, er sei weit oben spazieren gegangen und habe plötzlich eine schöne Stimme gehört, entzückend sei das gewesen, schwärmt er, und eine rote Jacke habe sie getragen. Die Opernsängerin lächelt fast hörbar und verabschiedet sich. Die Pension, die wir weiter Richtung Ortskern finden, ist ein gepflegtes etwas größeres Familienhaus in Mitteldeutschland.

Abends gehen wir wieder ins Café Schulze. Als Schweinemedaillon-Experte darf ich bis zu den Wanderstiefelspitzen beteuern, beim Wirt Schulze einige der besten Medaillons gegessen zu haben. Der an der Decke und an den Wänden holzgetäfelte Gastraum faßt sechs Tische, von denen vier besetzt sind. Zwei Paare, die leise miteinander reden und am größten der Tische sechs Leute, die sich lautstark über ihre Statussymbole und finanziellen Errungenschaften unterhalten. Eine aufgebrezelte Frau sagt: »Früher, als wir 1969 unser erstes Boot hatten, da wurde sehr viel Schnaps getrunken.« Später erklärt eine andere Frau – der ehemalige Todesstreifen befindet sich nur einige Kilometer entfernt – ihre Abneigung gegen das ehemalige Staatsgebiet der DDR oder die neuen Bundesländer oder wie man es benennen möchte: »Ich will nicht in den Osten fahren. Ich habe nichts gegen den Osten, aber ich will da nicht hinfahren.« Die anderen sagen nichts dazu, nicken aber verständnisvoll. Dann fängt die Aufgebrezelte wieder mit ihrem ersten Boot an. Deutschland, du Hängebauchferkel!

Am späten Abend kommt Wirt Schulze, ein Mann um die Sechzig mit ruhigen, fast stoischen Bewegungen, mit einer Taschenlampe, einer Banane und einer Handvoll Weintrauben aus der Küche, öffnet die Tür zum Garten, schaltet die Lampe ein und legt das Obst neben dic Vogelſutterstelle. Sekunden später erscheinen zwei Waschbären im Taschenlampenschein und machen sich über das Obst her. Putzige Tiere sind das, mit kleinem Kopf, der so gar nicht zu dem Rest des üppigen Körpers paßt. Eine freundliche Plage.

Als einzige Bewohner dieser Erde unter der dunklen Glocke des Himmels, in der ein leicht eingedellter Siebenachtelmond hängt, tapern wir zurück zu unserer geranienbeschwerten Familienpension. Auf der Dorfstraße herrscht eine Stille, in der jeder Schritt einer zarten Detonation gleichkommt. Derweil setzt auf Borkum und einundzwanzig Minuten später auf Norderney die Flut ein.

Protokoll Herr Schnittke

Das macht natürlich mächtig Eindruck, so was. Waschbären im Landhaus Schulze, ja, jeden Abend, ganz normal schon, eine Plage schon eher, finde ich, aber die locken sie ja auch an, für die Gäste, Vorstellung mit Waschbären. Na ja. Die Müllsäcke zerpflücken die. Zutraulich, klar. Aber: Hirsche bis hierher, bis zu den Häusern – das macht schon mächtig Eindruck, das vergißt man nicht so leicht. So ist das halt, wenn man in der Wildnis lebt. Ich hab Fotos gemacht, können Sie mal ansehen, wenn Sie mögen, da vorne auf der Kommode, die Mappe. Genau. Bis zu den Häusern runter, bis hin zum Fuchsbau, Sie wissen schon, unser Gästehaus, der Fuchsbau. Sie wohnen ja im Haus nebenan. Da vorne sind sie runter vom Hang und dann aus dem Wald raus, gegenüber vom Laden, zwischen den Autos lang, die da geparkt waren, und ästen uns die Blumenkübel ab, einfach so, mir nichts, dir nichts. Ein Hirsch mit so einem Geweih. Majestätisch, so was. Aber wirklich. Mitten zwischen den Häusern, auf der Straße entlang, und wir gleich daneben. Den Atem haben wir angehalten. Das war frühmorgens, noch vollkommen dunkel, und die Lichter sprangen an den Häusern an, die automatischen Lampen, als die bei den Kübeln zugange waren und sich die Blumen holten. Ich bin gleich raus, mit meinem Neffen auf der Schulter, dem ganz kleinen, und bis hin zu den Hirschen, ganz nah an sie ran. Kauen hören konnte man sie. Und so ein Geweih, ein Mordsteil, und wir dabei, und alles war ganz ruhig, und alles war ganz nah. Letztes Jahr erst war das.

So vergeht die Zeit. Aber das vergißt man nicht. Majestätisch. Oft? Bis August, manchmal. Dann ist Jagdsaison, dann sieht man sie kaum noch. Aber so ist das halt, wenn man in der Wildnis lebt.

waschbären

als der wirt das licht löschte, konnten wir sie
sehen: ihre mantel-und-degen-züge,
schwarz und weiß geschminkt wie die mimen eines
schmierentheaters,

die auf einer bühne aus gras und schatten
beute aus der küche verteilten. überm
restaurant die sternbilder, kalt in ihrem
schnürbodenhimmel.

die gesamte population des landes
stamme von zwei pärchen ab, ausgesetzt auf
»allerhöchste weisung«, wie jener herr am
nebentisch raunte.

bilder einer wochenschau: die schwarzweißen
tiere, maskenhaft – so verschwinden sie im
unterholz der dreißiger jahre. dieses
knacken der tonspur

in den büschen heute, beim weg nach hause;
in den abfalltonnen der donner, nachts die
schritte über unseren köpfen, die das
dunkel vermessen,

signa in den heuschobern und das scharren
in den kellerräumen. das unsichtbare
netzwerk ihrer duftmarken in den dörfern,
        selbst in den städten,

das sie leitet, stets in der nähe sein läßt:
sanfte tiere mit einer schwarzen zeichnung
um die augen, feinem gehör und einem
        guten gedächtnis.

Fundstück

In dem Rezept »Herzberger Kartoffelsuppe« ist uns leider ein Fehler unterlaufen. Man benötigt für die Suppe nicht 2 Liter Brühe und Sahne, sondern jeweils einen halben Liter. Wir bitten, dies zu entschuldigen.

aus der *Braunschweiger Zeitung*, 21.9.2005

chor der vogelfänger (1551)

krammetsvögel, haselhühner,
  schnepfen oder drosseln;
nebel, die aus tälern steigen,
  dampf aus silberschüsseln.

mein vater war ein vogler wie
  der vater meiner mutter.
ein fallensteller lernt im frühsten
  dunkel sein metier.

edelfinken, leineweber,
  meisen oder spatzen,
bis der himmel weiß ist, alle
  farbe in den netzen –

und wir, die fischer ohne schiffe,
  doch die kiefern wogen
(beim rasten meinte ich einmal,
  am meeresgrund zu liegen).

an einem tag reißt nichts als wind
  an den geleimten spindeln;
dann wieder lodert in den reusen
  eine glut von gimpeln.

die söhne werden vogler wie
der töchter söhne werden,
was fliegt mit einem kloben binden
ans gewicht der erde.

das fürstenschloß, ein bauch aus stein,
ein hunger auf den hängen.
wenn der wald verstummen sollte,
lernen wir zu singen.

Frühschicht

Die Seele, diese üppige Erscheinung, die
im Stübchen hockt und weitermacht, ist
ein Kornfeld, mit dem Traktor fuhr ich
hindurch, zwischendrin begann der Herbst

Osterode

Ehe ich die Landstraße einschlug, bestieg ich die Trümmer der uralten Osteroder Burg. Sie bestehen nur noch aus der Hälfte eines großen, dickmaurigen, wie von Krebsschäden angefressenen Turms.

Hinter dem Kreisverkehr, wo jetzt, am späten Vormittag, nur die wenigen Autos einiger säumiger Pendler und durchreisender Touristen ihren dürren Kranz aus Blech flechten und wieder lösen, jenseits der Altstadt und der kleinen Brücke über die Söse, gegenüber von zwei üppig wuchernden Blumenläden, liegt der Eingang zum Osteroder Friedhof, auf dem es an diesem Septembertag ebenso heiß ist wie im übrigen Harz. Im Schatten einiger Bäume lagert die Kapelle, doch schon hinter dem trägen Grün einer Rhododendronhecke geht es wieder in die Sonne hinaus. Ein mit Kopfsteinen gepflasterter Weg führt dort den Hügel hinauf, irgendwo aus dem Gleißen ist ein Rasenmäher zu hören, während Schritt um Schritt das ganze Tableau vom kühlen Blattwerk enthüllt wird: Der Weg, der Friedhof mit seinen Grabanlagen, die Anhöhe, auf der die Ruine der alten Osteroder Burg steht, auch wenn dies nur zu erahnen ist, denn viel mehr als ein kleiner, wenngleich trutziger Teil dessen, was früher einmal der Bergfried gewesen sein muß, hat widerstanden – den Jahrhunderten und jenen, die irgendwann damit begannen, die Burganlage als Steinbruch und Materiallager für den Häuserbau zu nutzen. Die regionale Legendenpatisserie bietet zur Osteroder Burg eine Geschichte nach bewährter Rezeptur an:

Die reine Königstochter, der lüsterne Ritter; der Priester, der sich dem Wüstling in den Weg stellt und, hingemeuchelt, ihm noch im Sterben die himmlische Strafe prophezeit; die Prinzessin, die ihre Keuschheit nicht anders als durch einen Sprung von den Zinnen zu schützen weiß; schließlich ein Sturm, der die Trümmer der Burg das gesamte Personal, die Schurken wie die unschuldigen Toten, unter sich begraben läßt: Sela. Der Gärtner schaltet den Rasenmäher aus, als er uns aus dem Schatten treten sieht; eine letzte Drehung der Klingen trägt, im Verein mit einer Bö, die sich aus heiterem Himmel in die Hitze dieses Herbstes verirrt hat, etwas Spreu und den Duft frisch geschnittenen Grases den Weg hinunter und uns entgegen. Der Gärtner lehnt sich gegen die niedrige Steinmauer, die den Weg ein Stück weit begleitet, und wischt sich über die Stirn. Er nickt, als wir an ihm vorbeigehen, doch so flüchtig und kaum wahrnehmbar, daß es ebenso ein Gruß wie Ausdruck seiner Verwunderung sein könnte, uns, überhaupt jemanden hier anzutreffen. In der Tat sind außer uns keine Besucher anwesend, niemand ist zu dieser Zeit auf dem Friedhof, nur er, der Gärtner, und wir, sieht man von all den Namen auf den Steinen ab, die sich in Hanglage um den Gipfel gruppieren, wo die Burg das gesamte Gefüge zusammenhält – ein Schlußstein, ja, und ein Grabstein auch sie, ein Abbild der Vergänglichkeit. So sinnfällig thront sie dort über der Anlage, daß man damit angefangen hat, sie zu konservieren: Ein Schmelz aus Beton ist über das Gemäuer gezogen worden, um Steinschlag und eine weitere Erosion der Substanz zu verhindern. Trotz dieser Maßnahmen geschieht jeder Aufstieg auf eigene Gefahr, ist sogar untersagt, wie einige Schilder warnen, und ohnehin ist der Ring buschiger Verteidiger, Rekken aus Rhododendron, unterhalb des Gipfels so dicht gewachsen, daß es zunächst unmöglich scheint, sich der Ruine noch weiter zu nähern. Schließlich aber findet sich eine Steintreppe, die durch den Bewuchs nach oben führt und an einer kleinen, dicht mit Gräbern belegten Rasenfläche endet, am Hochplateau des Osteroder Totenreiches, das auf der einen Seite von ebenjenen Büschen, auf der anderen von der Burg selbst und im übrigen von Hecken und einigen Tannen begrenzt wird. Der Blick durch eine Lücke, die sich zwischen Turm und der angrenzenden Hecke behauptet, läßt ahnen, wie steil es dahinter bergab geht. Von unten leuchten rot die Osteroder Dächer herauf, und hinter einer der Hecken ist Musik zu hören:

Mama, take this badge from me,
I can't use it anymore.
It's getting dark, too dark to see,
feels like I'm knocking on heaven's door.

Ein Totengräber mit Sinn für den ausgesuchten musikalischen Kommentar muß es sein, der dort drüben mit seinem Spaten zwar nicht an die Tür des Himmels, dafür aber an die der Erde klopft, stellen wir uns vor, als ein Schrei, der etwas Klagendes hat, uns aufschauen läßt. Von der Spitze des alten Turms löst sich ein Schatten, lösen sich zwei, nein, drei Schatten und gleiten über die Dächer der Stadt davon, Turmfalken, eine ganze Familie, wie wir vermuten, die Eltern mit einem säumigen Jungen, deren rötliches Gefieder aufleuchtet, sobald sie die Flugbahn ändern oder ihr Gewicht in der Luft um ein weniges verlagern. Wir sehen zu, wie sie in immer weiteren Kreisen die

Stadt umfassen, bis sie kaum noch auszumachen sind und man sich konzentrieren muß, um die Rufe, mit denen sie sich einander vergewissern, zu vernehmen, sehen zu, wie sie über die Erhebungen und Wälder ringsum hinwegstreichen, wie sie, den Dingen hier unten enthoben, in einer Geometrie umeinander zirkeln, die nichts als dem Augenblick verpflichtet ist, deren Zentrum der alte Turm und deren Schnittmenge nichts als das Blau ist, von dem wir uns geblendet abwenden müssen.

Mama, put my guns in the ground,
I can't shoot them anymore.
That dark black cloud is coming down,
feels like I'm knocking on heaven's door.

Dem zernagten Bergfried vorgelagert ist ein Wall aus Sand und Lehm, in dem das Unkraut Wurzeln fassen konnte, das Fundament einer Brüstung, deren Feldsteine noch hier und da herausragen, vielleicht auch der Damm eines Grabens, der früher die Burg vor jenen schützte, die es wider Erwarten bis auf die Anhöhe geschafft hatten. Der Wall scheint nicht nur begehbar zu sein, er lädt zum Besteigen geradezu ein, führt er doch nicht nur auf eine höhere Ebene und damit noch näher an die Ruine heran, sondern vermittelt auch den Eindruck, man könne von ihm aus ins Innere der alten Burg gelangen – vorausgesetzt, man ignoriert ein weiteres Schild, das gut sichtbar vor dem Wall aufgestellt ist und an das wir unsere Rucksäcke lehnen, bevor wir zu klettern beginnen, sehr bald auf allen vieren, nach Zweigen und Wurzeln greifend, und uns schließlich auf dem Lehmwall aufrichten. Die Schreie der Falken sind nun wieder deutlicher zu hören, sichelscharf, sie müssen ihre Kreise wieder enger gezogen haben, und tatsächlich: Als wir die Köpfe in den Nacken legen, sehen wir sie, fast zum Greifen nah, über den Turm hinweggleiten, einen, zwei von ihnen, und der dritte, nicht der kleinste, scheint in der Luft über uns zu stehen, als wolle er uns die Leichtigkeit des Unternehmens Flug demonstrieren, die Lachhaftigkeit der Schwerkraft, uns sein leuchtendes Gefieder sehen lassen, bevor er mit einem Mal ins Trudeln gerät und fällt, ein Falke, der vom Himmel fällt, den der Himmel aus der Hand gibt, kaum vorstellbar, und es dauert, wenn auch nur den Bruchteil einer Sekunde, bis uns klar wird, daß er nicht fällt, sondern stürzt, uns entgegen, sich auf uns stürzt, daß er keine leichte Figur vor strahlendem Blau, kein Septemberdekor, sondern ein scharfes Objekt ist, das uns, und nur uns, gilt, dessen gelbe Klauen und Augen wir plötzlich genau erkennen können. Wenige Meter über uns bremst er seinen Sturzflug ab und beginnt wieder zu steigen: Drei Falken kreisen wie zuvor über dem Turm, verschwinden hinter seinem alten Gestein, kommen wieder zum Vorschein. Wo die Rucksäcke auflagen, sind unsere Hemden kalt und naß, das Blut rumpelt durch die Schläfen wie die Trümmer der Osteroder Burg. Eilig klettern wir den Wall hinunter. Waren die Warnungen nicht unmißverständlich? Die Schilder, das wehrhafte Buschwerk, die Musik jenseits der Hecke mit ihrer Andeutung letzter Dinge, die Schreie der Falken, die wir nun nur zu gut zu verstehen glauben. Die drei haben den Radius wieder erweitert, bleiben aber nahe beim Turm. Nicht wir sind die Beobachter. Sie sind es, die uns nicht aus den Augen lassen und jede, noch die kleinste Bewegung unserer Körper registrieren, über deren Nacktheit die Bekleidung nicht länger hinwegtäuschen kann. Der Mann hinter der Hecke beobachtet uns. Der Turm starrt uns nach. Die Büsche geben zögernd den Weg frei. Die Gräber schließen sich hinter unserem Rücken zusammen, eine stumme Volksmenge. An der Mauer steht der Schnitter und lächelt, als wir an ihm vorübergehen.

kamschlacken

unscheinbar die dämmerung. nur die wasser-
herde eines baches entlang der straße,
nur das leise knacken vom wald – als ob ein
        schlüssel sich drehte.

kamschlacken: das forsthaus, sein nacktes rot, vom
letzten licht gehäutet. die berge treten
einen schritt ins dunkel zurück. der funken-
        flug der insekten.

GOLDENE KRONE

3

»In der ›Krone‹ zu Klausthal hielt ich Mittag. Ich bekam frühlingsgrüne Petersiliensuppe, veilchenblauen Kohl, einen Kalbsbraten, groß wie der Chimborasso in Miniatur, so wie auch eine Art geräucherter Heringe ...«

Heinrich Heine: *Die Harzreise*

Vom Land

Während morgens um sieben
auf RTL 2 der Vernichtung
einiger Hornissen beigewohnt wird,
schluckt ein Hund die Zeit, stemmen
vor dem Haus die Wurzeln der Erle
ein Stück Asphalt, darüber die Schwalben
unter diesen Bedingungen, als wären
keine vorhanden, zieht der Gürtel
aus Wiese das Dorf enger

Kleines Campingplatz-Singsang

Der Vermieter hatn Fest am Laufen
kommt der Eierstock zum Fröhlichsaufen
der hat Wiesen und den Wald gedrechselt
hat die Nachbarn kurz und klein gesächselt
heiß und fettig, schnell und dreckig
läuft der Grill, so Gott will

Kuckuck

So kamen wir nach Clausthal-Zellerfeld. Hinter uns die alten Wälder, aus denen wir eben herabgestiegen waren, und die klare Kette jener Teiche, die wackere Männer wie der Oberbergmeister Georg Illing vor Hunderten von Jahren hatten anlegen lassen, um die eichenen Wasserräder, die Pumpen und Fördervorrichtungen tief unten in der Erde zu speisen. Kühl blickten die Teichaugen, die doch schon so viel in ihrer Zeit gesehen haben, uns nach, jungen Wanderern in all ihrer Arglosigkeit, und konnten es sich doch selbst nicht versagen, den strahlenden verspäteten Sommertag wiederzuspiegeln und einen Himmel von geradezu unverschämter Bläue zu verdoppeln. Am Ufer des Bärenbrucher Teiches, wie eines dieser Gewässer genannt wird, fanden wir ein Schild, das von den Harzer Wasserwerken aufgestellt worden war und den fern der Heimat Weilenden einlud, die müden Beine für die Dauer einiger Verse ruhen zu lassen und in der Poesie Erquickung zu finden. Zu lesen aber war dies:

> Was früher war des Bergwerks Nutz
> steht heute unter Denkmalschutz!
> Der Teich hier hielt für Trockenzeit
> das Antriebswasser stets bereit.
> Kein Wasser war des Bergwerks Tod,
> der Bergbau gab dem Harz das Brot.
> Drum schau's nur an, wirf nichts hinein,

laß aufeinander, was aus Stein.
Gemeinsam wollen wir erhalten,
was, lang ist's her, gebaut die Alten.

Muß es nicht ein wahrhaft glückliches Land sein, fragten wir uns, während die Paarreime noch in uns nachzitterten, in dem sogar die Betreiber der Wasserwerke den Drang zu dichten in ihrer Brust verspüren, sie sich, ohne ihre Pflichten dabei zu vernachlässigen, den Reizen der Muse hingeben, um die Trübnisse ihres Alltagsgeschäfts zu Reinwasser aufzuarbeiten und das ihrer Obhut und ihrer Sorgfalt anvertraute Element in Zeilen von kühner Schönheit zu besingen? Uns jedenfalls bestärkte ihr Schaffen in der Gewißheit, daß es um die Herzen unserer Landsleute nicht gar so schlecht bestellt sein könne. Der gute alte Brocken lag in der Ferne in seinem Dunst wie ein trefflich zubereitetes Eisbein in Aspik, als wir eine letzte Steigung zu überwinden uns anschickten und zwischen Feldern einem kaum noch erkennbaren Weg folgten. Zweifellos erschienen wir dabei den Krähen, die über uns kreisten und sich über unsere Anstrengungen mokierten, ebenso appetitanregend wie das deutsche Mittelgebirge unserer von leeren Mägen und müden Beinen erregten Phantasie. Auf dem Hügelkamm endlich gelangten wir zu einer befestigten Straße und trafen schon wenig später auf die ersten Häuser – nur um festzustellen, daß mit dem Erreichen der Ortsgrenze von Clausthal-Zellerfeld die Etappe dieses Tages noch keineswegs beendet war. Ein höflicher Tierfreund, der eben mit seinem goldblonden und erregt mit dem Schwanz wedelnden Vierbeiner in die freie Natur hinauseilte, um ihrer Freuden teilhaftig zu werden, klärte uns darüber auf, daß die Pension, deren Namen und Adresse wir ihm nannten, noch ein gutes Stück weit entfernt sei, daß wir, um der Wahrheit die Ehre zu geben, am Vereinshaus der freiwilligen Feuerwehr vorbei und die lange Osteröder Straße bis zum Ortskern würden gehen müssen. Von dort aus wäre lediglich einer seitwärts abzweigenden und wiederum deutlich ansteigenden Gasse zu folgen, um eine Position zu erreichen, in der ein erneutes Fragen nach dem Ziel unserer Wünsche sinnvoll erscheine und von Erfolg gekrönt werden könne. Oh staubiges Clausthal, staubiges Zellerfeld mit deinen Steigungen und deinen nach Unendlichkeit strebenden Asphalttrassen! An den Laternenpfählen hingen auch zwei Tage nach der sybillinischen Entscheidung des Souveräns noch die Wahlplakate, all die lächelnden Kandidaten und Garanten unserer Zuversicht, die sich in der ungewöhnlichen Hitze dieser Herbsttage zu krümmen begannen wie Schlemmer nach einer Fischvergiftung. Zur Linken und zur Rechten verwiesen die Tafeln der Tourismusbehörde auf die Schächte und Gruben, die noch heute, wenn auch den neugierigen Blicken der Tagesbewohner entzogen, tief unter Stadt und Gebirge liegen. Ja, möglicherweise fand jeder einzelne der mühsamen Schritte, die wir taten, während die Rucksäcke auf unseren Schultern an Gewicht zuzunehmen schienen, fand jeder unserer dröhnenden Schritte in diesen Hohlräumen unterhalb der Stadt sein schwereloses Echo, das durch die kühlen und feuchten Gänge uns vorauseilte, fledermausgleich und lustig durch jene weitverzweigte, einsame Welt flatterte, durch die rätselhafte Schwärze, direkt, so stellten wir uns vor, bis unter unsere Pension. Schöne Leichtigkeit der Gedanken! Wir hingegen entschieden, im Gasthof zur »Goldenen Krone« zu neuen Kräften zu kommen, bevor wir uns – vorbei an den Clausthal-Zellerfelder Apotheken, die sich auf den Verkauf einer einzigen Arznei, nämlich kleiner, mit dem Schlägel und Eisen der Bergleute versehenen Fläschlein voller »Aqua vitae« spezialisiert zu haben scheinen, vorbei an den flachen Häusern, in denen einst die Familien zusammensaßen und um die Wiederkehr ihrer Väter und Söhne aus dem Bergesinnern bangten – wieder auf den Weg machten. Unser Freund, der Mann mit Hund, hatte nicht gelogen: Nach einem kurzen Abstieg ging es wieder steil aufwärts und führte uns nicht nur aus der inneren Stadt, sondern auch aus den wohltuenden Schatten der Senke heraus. Eine herzensgute Frau, die eben in ihrem Vorgarten die Gartenzwerge polierte und die eine oder andere Begebenheit aus ihrem Leben mit ihnen teilte, wies uns den Weg: Immer geradeaus, so sprach sie, an den Reihenhäusern und dem Fußballplatz vorbei, nach wenigen hundert, möglicherweise tausend Metern, sobald wir den eiszeitlichen Findling zu unserer Linken gesehen hätten, hinter dem See also, noch ein gutes Stück weiter sogar, bis zur dritten Abzweigung nämlich, die uns in die jüngst erbaute Einfamilienhaussiedlung führen würde, wo wir dann, fünfmal rechts, fünfmal links, schließlich und schlußendlich ans Ziel gelangen müßten. Dem war auch so, und das hölzerne Schild, in das in warmen geschwungenen Lettern das Wort »Pension« geschnitzt worden war, hätte uns vor Freude weinen lassen, wenn denn noch genug Flüssigkeit in unseren ausgezehrten Körpern gewesen wäre. Wir klingelten. Der Mann, der die Tür öffnete und uns freundlich interessiert, wenn auch mit einer gewissen Irritation anblickte, war keineswegs mehr jung, allerdings auch noch nicht in einem Alter, welches das stete Wackeln seines

Kopfes von selbst erklärt hätte. Unser Anliegen schien ihm auch nach zweimaligem Wiederholen nicht deutlicher zu werden, und erst als wir die schriftliche Bestätigung vorlegten, die uns ein guter Geist – die Wirtin dieses Hauses, wie wir anzunehmen Grund hatten – per Post hatte zukommen lassen, ließ ein fast unmerkliches Blitzen in seinen Augen uns gewiß sein, daß dieses verklinkerte Haus am Rande der alten Bergarbeiterstadt Clausthal-Zellerfeld in der Tat durchreisende Fremde auf der Suche nach einem Dach über dem müden Haupt willkommen heiße, daß unsere neue Bekanntschaft hier nicht allein hauste. »Da muß ich erst Mutti fragen«, sagte der Mann, der sich so als Sohn des Hauses zu erkennen gab und eiligst verschwand. Die Tür blieb offen, was nur als Einladung zu verstehen ist, weshalb wir über die Schwelle in den Hausflur einzogen, den irgend jemand, wie wir sofort bemerkten, mit großer Liebe und Sorgfalt in einen Schrein verwandelt hatte. Während unser Freund von Zimmer zu Zimmer, vom Keller bis hinauf zum Dachboden und schließlich, mit dem Kopf wackelnd und ohne Unterlaß nach der Herrin des Etablissements rufend, vom Haus in den Garten lief, hatten wir Zeit, die angehäuften Reliquien zu bewundern: Neben Stoffmäusen, vergilbten Fotografien und geklöppelten Stadtansichten deuteten verschiedene, wie alle übrigen Kostbarkeiten mit Augenmaß an der Wand befestigte Gesteinsbrocken – der größte aus Schiefer war mit einem Rehgeweih gekrönt –, Plaketten und Münzen mit wahlweise Schlägel und Eisen oder einem eingravierten »Glück auf!«, in ihrer Farbigkeit schwelgende Vereinswimpel und Wappen unmißverständlich auf das Clausthal-Zellerfeldsche Leitmotiv des Bergbaus hin. Auch hier also lebte die Tradition. Im Herzen dieses

Arrangements verlangte ein holzgerahmtes »Einfahrtsgebet« nach Lektüre:

Wir richten, eh' wir niederfahren,
Den Blick, oh Gott, empor zu Dir.
O woll uns, Herr, getreu bewahren,
Laß wiederkehren uns nach hier.

Schließ auf den Stollen Deiner Liebe,
Den finstren Schacht, in dem wir bauen.
Schirm uns vor Ort und im Betriebe,
Laß fromm und treu uns Dir vertrauen.

Herr, segne Streben, Schacht und Stollen,
Bewahre uns vor Flut …

Nur zu gerne hätten wir weitergelesen und auch an der finalen Strophe dieser Dichtung unser Vergnügen gehabt, doch verhinderten gleich zwei Dinge die Fortsetzung unseres Studiums: Zum einen ein Strauß mit künstlichen gelben und weißen Rosen, der so auf einem flachen Tischlein vor der Wand plaziert worden war, daß er die abschließenden Zeilen des Poems verdeckte, und zum anderen die Rückkehr unseres Gastgebers, als den wir den jungen Mann im stillen schon betrachteten, und einer älteren Frau, die sich nicht nur, wie wir richtig vermutet hatten, als unsere Wirtin entpuppte, sondern auch durch beständiges Wackeln mit dem Kopf ganz zweifelsfrei als Mutter ihres Sohnes zu identifizieren war. Beiden schien zudem eine Neigung des Kopfes zur linken Schulter hin, die den ganzen

Körper nach sich zog, natürlich zu sein, so daß sie, als sie nebeneinander vor uns standen, sich ebensogut wie in einem Harzer Hausflur auch in einer Bibliothek hätten befinden können, zwei neugierige Leser, die vor einem Regal fremdartiger Bücher Titel und Namen der Verfasser auf den Buckrücken zu entziffern versuchen. Tatsächlich schienen Mutter und Sohn in uns zu lesen, uns freundlich auf unseren Inhalt zu prüfen, wenn sie auch statt lebendiger Schriften nur zwei vom Naturschauspiel und von der Härte städtischen Asphalts erschöpfte Wandersleute vor sich hatten, die sie nun mit sanftem Druck in den Salon des Hauses leiteten, der Motive des Flurs aufgriff und noch verfeinerte. Auf dem Weg in diesen Salon hatte sich, aus einem der angrenzenden Zimmer kommend, eine weitere Person hinzugesellt und aus unserem Quartett ein Quintett werden lassen – der Vater, soviel schien sicher, der von nun an mit Mutter und Sohn gemeinsam einen dichten und vor Eifer bebenden Kreis aus Gastfreundschaft, ja Fürsorglichkeit um uns bildete, aus dem es, selbst wenn man es gewollt hätte, kein Entrinnen gab und dessen Lücken, entfernte sich ein Glied des Kreises auch nur einen Augenblick lang, sogleich von den beiden anderen geschlossen wurden.

»Man glaubt es kaum«, sagte die Mutter und wackelte mit dem Kopf, »aber Clausthal-Zellerfeld hat tatsächlich einiges zu bieten.«

»Ich habe Prospekte da«, sagte der Sohn.

»Haben Sie die Stadt schon gesehen?« fragte die Mutter.

»Ich kann die Prospekte holen«, sagte der Sohn und eilte zu einer Anrichte aus Nußbaumholz, wo er eine große Schublade aufzog und in einer üppigen Sammlung von Broschüren und

Karten zu wühlen begann, von denen er sogleich eine Auswahl zu unserem Kreise zurücktrug. Einzig der Vater hatte sich bislang nicht geäußert und uns nur freundlich forschend, ja mit geradezu durchdringender Sympathie angeschaut. Nun endlich meldete auch er sich zu Wort.

»Ihr könntet meine Söhne sein«, sagte der Vater.

»Die Stadt ist schöner, als man zunächst denkt«, sagte die Mutter.

»Das hier ist ein Prospekt über die Stadtkirche«, sagte der Sohn.

»Man glaubt es ja erst kaum«, sagte die Mutter.

»Das hier ist ein Prospekt über das Oberharzer Museum«, sagte der Sohn.

»Und von wo sind Sie heute gekommen?« fragte die Mutter.

»Aus Osterode, wir ...«

»Wollt ihr nicht bei mir bleiben?« fragte der Vater.

»Ich habe auch einen Prospekt über das Bergwerksmuseum«, sagte der Sohn.

»Haben Sie Hunger?« fragte die Mutter.

»Wenn ihr bei mir bleibt, spiele ich euch auch ein Lied auf meiner Mundharmonika vor«, sagte der Vater.

»Haben Sie keinen Hunger?« fragte die Mutter und wackelte mit dem Kopf.

»Das Bergwerksmuseum ist schön«, sagte der Sohn.

»Ein echtes Harzer Lied«, sagte der Vater und intonierte einige Takte auf einer silbern glänzenden Mundharmonika, die er aus irgendeiner Tasche gezaubert hatte.

»Möchten Sie vielleicht etwas trinken?« fragte die Mutter.

»Wenn ihr bei mir bleibt, spiele ich euch jeden Tag ein altes

Harzer Lied auf meiner Mundharmonika vor«, sagte der Vater.

»Sie müssen durstig sein nach dem Wandern«, sagte die Mutter.

»Ich kann etwas zu trinken holen«, sagte der Sohn und wakkelte mit dem Kopf.

»Wollen Sie vielleicht auch etwas zu essen haben dazu?« fragte die Mutter.

»Kuckuck«, machte plötzlich der Vater und deutete überrascht nach oben, wo nichts zu sehen war außer der holzgetäfelten Decke.

»Und wohin wollen Sie morgen gehen?« fragte die Mutter.

»Nach Goslar, wir ...«

»Bleibt doch noch ein bißchen hier«, sagte der Vater.

»Ich glaube, ich habe auch einen Prospekt über Goslar«, sagte der Sohn und eilte zu der Anrichte aus Nußbaumholz.

»Ihr könnt meine Söhne sein«, sagte der Vater.

»In Goslar kann man sehr gut essen«, sagte die Mutter.

»Wenn ihr wollt«, sagte der Vater.

»Wir waren einmal in Goslar essen«, sagte der Sohn.

»Im Ratskeller«, sagte der Vater.

»Der Ratskeller ist ganz einfach zu finden, wenn man das Rathaus gefunden hat«, sagte der Sohn.

»Schweinebraten«, sagte die Mutter.

»Der Schweinebraten ist sehr gut«, sagte der Sohn.

»Der Salat ist auch sehr gut«, sagte der Vater.

»Salat habe ich nicht gegessen«, sagte die Mutter, »aber der Schweinebraten ist sehr gut.«

»Ich hatte auch Schweinebraten«, sagte der Sohn.

»Goslar hat einiges zu bieten«, sagte die Mutter.

»Hier ist ein Prospekt vom Ratskeller«, sagte der Sohn und blätterte einen Prospekt auf den Tisch.

»Clausthal-Zellerfeld ist aber auch schöner, als man denkt. Man glaubt es erst ja kaum«, sagte die Mutter.

»Kuckuck«, machte plötzlich der Vater und deutete überrascht nach draußen, wo nichts zu sehen war außer dem Vorgarten und der leeren Straße.

»Und wo wollen Sie anschließend hin?« fragte die Mutter.

»Über Bad Harzburg nach Braunlage und Elend, und dann auf den Brocken«

»Ihr könntet aber auch hier bleiben«, sagte der Vater und ließ uns einen Blick auf die Mundharmonika werfen.

»Auf dem Brocken muß man gewesen sein«, sagte die Mutter und wackelte mit dem Kopf.

»Ich war schon einmal auf dem Brocken«, sagte der Sohn.

»Wißt ihr, was man auf dem Brocken machen kann, wenn man oben ist?« fragte der Vater.

»Man kann hinuntersehen«, sagte die Mutter.

»Ich muß irgendwo auch Prospekte über den Brocken haben«, sagte der Sohn.

»Und wißt ihr, daß man auf dem Brocken die Zugspitze sehen kann, egal, wie das Wetter ist?« fragte der Vater.

»Die Zug-Spitze«, sagte die Mutter gedehnt.

»Die der Brockenbahn nämlich«, sagte der Vater.

»Ich habe eine Modelleisenbahn im Keller«, sagte der Sohn und wackelte mit dem Kopf. »Wenn ihr wollt.«

Was wäre nicht alles über Clausthal-Zellerfeld zu berichten, das wir am späten Nachmittag und im Laufe des Abends erkundeten: Über die berühmte Fratzenapotheke, über das Bergwerksmuseum und seine Mitarbeiterinnen, die sich mit ihrer Hilfsbereitschaft und ihrer Fröhlichkeit sogleich ins Herz eines jeden Besuchers abteufen und dort für gut Wetter sorgen. Über die kleine Holzkirche und über die ehemalige Münze, in der sich heute ein Café befindet. Nicht unerwähnt bleiben dürfte auch die zu Recht landauf und landab gelobte Gaststätte, deren bloßer Name, »Glück auf!«, schon eine Erfrischung darstellt und die sich gleich in der Nähe des Rathauses befindet. Dieses hingegen ist so unscheinbar, daß nicht einmal ein flüchtiger Blick lohnt; so sehr schämt es sich seiner selbst, daß es schier im Erdboden zu versinken und sich hinab zu all den stillgelegten Gruben zu sehnen scheint. Ganz anders das »Glück auf!«, wo man mit Stolz seine regionalen Speisen und Getränke serviert und auch nicht an kühnen, schwungvoll an die Wände gemalten Versen spart:

Es grüne die Tanne,
Es wachse das Erz,
Gott schenke uns allen
Ein fröhliches Herz.

Im »Glück auf!« stärkten wir uns, bedachten die Erlebnisse dieses Tages und erfuhren nebenbei, daß der sicher zu Recht weltberühmte Professor Schnabel auch hier gewirkt und einen nicht unbeträchtlichen Teil seiner Zeit am hiesigen Stammtisch verbracht hatte, wenn uns auch niemand hinreichend erklären konnte, worin denn sein Wirken nun tatsächlich bestanden und mit welchen Geistesfrüchten der Professor zum Wohle der

Menschheit beigetragen hatte. Immerhin lernten wir, daß einer der bemerkenswerten Clausthal-Zellerfelder Sinnsprüche (»Der Nabel der Welt / Liegt in Clausthal-Zellerfeld«) aus der Feder dieses achtbaren Gelehrten stammt – wenn nicht das griffige Reimpaar »Nabel« auf »Schnabel« eine übereifrige Kapazität in der Schnabelforschung dazu verleitet hat, dieses Aperçu dem ehrenwerten Nestor der Harzer Wissenschaften fälschlich zuzuerkennen. Wieviel mehr also wäre nicht über Clausthal-Zellerfeld zu berichten. Die Wahrheit jedoch ist, daß wir für all die Wunder der ehemaligen Bergarbeiterstadt kaum Auge und Ohr hatten, waren wir doch in Gedanken ununterbrochen bei unseren drei staunenswerten Gastgebern. Auch andere Einheimische hatten wir, wenn auch nur flüchtig, kennenlernen dürfen; doch bei keinem, selbst im Bergwerksmuseum nicht, hatten wir die Wärme, die ja jedes Menschenwesen in sich tragen muß, in solcher Unmittelbarkeit angetroffen. Fast schien es uns, als seien wir gerade hier, in Clausthal-Zellerfeld, auf ein noch unbekanntes edleres Geschlecht gestoßen, das abseits der Welt in sich selbst ruhte – und sich in seiner Herzensgüte entschieden hatte, von allen müden Wanderern ausgerechnet uns in sein Reich aufzunehmen und darin geborgen zu halten. Bis es an der Zeit war, zu Bett zu gehen, beschäftigten wir uns mit diesen Fragen, und vielleicht waren es beide, die anhaltende geistige Beschäftigung mit dem Erfahrenen und die Verwirrung unserer Gefühle, die dafür sorgten, daß wir uns bis zum frühen Morgen mit schweren Träumen zu plagen hatten. Reimende Wasserwerker kamen darin vor, nicht enden wollende Steigungen und Hundebesitzer; ein ganzer Teich voller Aqua vitae, in dem wir zu ertrinken drohten, auch der Gasthof »Goldene Krone«, während sich die Rucksäcke auf den Schultern in Hexen verwandelten, teuflische Babajagas, die ihre Peitschen krachen ließen und uns vorantrieben. Im Hintergrund sang dazu ein stimmgewaltiger Chor von Bergleuten von fröhlichen Herzen und grünen Tannen, ein paar Zirren formten Schlägel und Eisen, während ein Schwarm von Krähen sich auf uns stürzte, als wollten sie uns die Augen aushacken, und dabei etwas krächzten, was sich mit einiger Mühe als »Glück auf!« verstehen ließ. In der Ferne aber stand eine kleine Pension aus warmen roten Ziegelsteinen und mit einem handgeschnitzten Schild über der Tür, die immer unerreichbarer wurde, so schnell wir auch rannten, sosehr wir uns auch bemühten, zu ihr zu gelangen.

Am nächsten Morgen stiegen wir müde in den Salon des Hauses hinunter, wo die drei, Mutter, Vater und Sohn, uns schon erwarteten und, als wir am gedeckten Frühstücktisch Platz nahmen, sogleich ihren Kreis um uns bildeten, zu reden und zu gestikulieren begannen, so daß es schier unmöglich war, von dem überreichen Essensangebot, von dem Brot, von der Mettwurst, die sich in gewaltigen Stücken vor uns auftürmte, zu kosten, auch wenn uns die Mutter drängte, doch ja zuzugreifen und sie für die Wanderung noch Pakete zusammenzustellen sich erbot. Am Nebentisch saßen, wie wir aus dem Augenwinkel wahrnehmen konnten, zwei weitere Gäste, Ehegatten in den besten Jahren, wie wir vermuteten, die kraftvoll und mit eiserner Konzentration auf ihren Frühstücksbrötchen kauten und angestrengt und schweigend irgend etwas vor dem Fenster zu suchen schienen. Es war ein weiterer strahlender verspäteter Sommertag, der uns, kein Zweifel, auf unserem Weg über die Berge bis hin nach Goslar begleiten würde, und keine einzige

Wolke stahl dem Himmel ein Quentchen seines Blaus, als wir die Rucksäcke schulterten und uns erneut auf die Reise begaben. Wir waren noch nicht hundert Meter gegangen, als hinter unter uns, ein Stück entfernt, doch klar vernehmlich, ein Kukkuck rief. Überrascht und dankbar drehten wir uns um.

AB IN DIE HÖHE!

Idyll

Über den Feldern, weit links Raps, rechts
dito, der aufgespannte Breitbandhimmel
unter dem, stellten wir uns Rücken
an Rücken, kein Zweibein

chor der waldarbeiter

(für Hendrik und Mirko)

die signaturen morgens an den bäumen
im ganzen wald,
die ächtung roter kreuze: dieser steht,
doch dieser fällt.

mit klammen händen stehen, während zi-
garetten knistern;
der rauch, ein stummer kreis aus männern und
benzinkanistern.

bis wir ein rudel motorsägen aus
den hüllen lassen,
die mit den zähnen mahlen, erst die stille,
dann stämme fressen,

und sich ein wipfel beugt, zusammenkracht
wie ein edikt,
und man erschauert und verblüfft am himmel
das blau entdeckt.

der duft von sägemehl, von erde, schweiß
und heißgelaufen-
em stahl; im laub die kleinen sarkophage
der nonnenlarven.

kehrst du am abend heim, spürst du das holz
im körper knacken,
und die geräte wiegen doppelt, hämmer
und wendehaken.

ich denke manchmal: jeder trägt die kerbe,
nicht nur das beil,
und weiß bloß nicht, wohin er fallen wird.
oder schon fiel.

Am Nachmittag erreichen wir eine Stadt

Am nächsten Morgen halten wir ein Schwätzchen mit unserem Vermieter und erzählen ihm von den Waschbären, woraufhin er den Kopf schüttelt und vorsichtig anmerkt, daß sich Wirt Schulze mit diesen Fütterstunden in der Nachbarschaft sicher keine Freunde macht. Nachdem uns der Vermieter, sichtlich stolz, Besitzer dieser seltenen Schnappschüsse zu sein, noch drei Fotos von zwei Hirschen in der Morgendämmerung auf der Dorfstraße zeigt, brechen wir auf nach Clausthal-Zellerfeld. Zwei Stunden den Berg hoch, eine den Berg runter. Mitten im dichtesten Laubwald, an einer Stelle, an der die Sonne an unzähligen Stellen durch das Geäst bricht und so auf dem Waldboden ein ausgeklügeltes Zeichensystem prallster Schönheit entstehen läßt, wird unsere stille Zufriedenheit mit einem Mal von aufdonnernden Kreissägen zerstückelt. Rufe von Männerstimmen vermengen sich mit den Kreissägen, dazu das Dröhnen einer offenbar größeren Maschine. Weiter oben am Hügel, auf der anderen Seite der kleinen Schlucht, sehen wir nun verstreut ca. zwanzig Waldarbeiter, die mit dem Schreddern bereits gefällter Bäume beschäftigt sind. Selbst diese kaum zu erkennende Ameisen-Parade, die wir fast zertrampelt hätten und die sich mit Fähnchenführer, Flötisten und diesem ganzen Quatsch bereits zum Abmarsch formiert hat, um eine Zerkleinerungsattacke gegen einen zwischen Stein und Ästchen eingekeilten Borkenkäfer zu rennen, zieht sich überrumpelt zurück.

Wir pausieren auf einer Bank, verschwitzt und müde, mit Blick auf einen weiten, künstlich angelegten Bergbausee, der linksseitig von einer Baumphalanx gesäumt ist. Rechts von uns ein großer Campingplatz, auf der gegenüberliegenden Uferseite weitläufige Wiesen, auf denen vielleicht vierzig Kühe weiden. Die Kühe haben von hier aus die Größe von Satzpunkten. Dicht darüber der Himmel in Hellblau, wie es reiner kaum geht. Wir haben einige Wildenten verscheucht und dadurch die kompakte Aufmerksamkeit eines Gastes oder Angestellten des Campingplatzes erregt. Hin und wieder, exakt an der selben Stelle stehenbleibend, benutzt der Mann seinen um den Hals hängenden Feldstecher, um die Anzahl der Kühe zu kontrollieren. In Wahrheit ist das der ödeste Dauercampingplatz der ganzen Welt und dieser Mann ein Alleinunterhalter, den man buchen kann. Der Mann steht auf dem einzigen, fünf mal zwei Meter großen Stück Sandstrand und hat die verschmutzte Illusion des Mittelmeeres in den Hirnwindungen. Was für ein Leben, denke ich. Wer weiß, vielleicht hat der den ganzen Goethe zu Hause, zwei tolle Frauen, fünf schöne Kinder und wunderbare Ideen. Ach was, der ist und bleibt doch nur ein nervöser Überwachungsidiot. Ich frage mich dann aber mit einem Abstand von Minuten, als wir schon wieder auf den Beinen sind und den See längst verlassen haben, wer hier wohl der größere Voyeur ist.

Am Nachmittag erreichen wir eine Stadt, sind uns aber unsicher, da wir querfeldein über Äcker und Wiesen gelaufen sind, ob wir tatsächlich schon in Clausthal-Zellerfeld sind, und fragen einen Mann, der mit seinem Hund spazierengeht. Als ehemaliger Taxifahrer (während seines Studiums, wie er korrigierend hinzufügt) kann er uns auch gleich zwei verschiedene Wege zu unserer Pension beschreiben, während seine Hündin, die Lisa heißt, dreimal Platz nehmen muß. Auf der anderen Seite der Landstraße stehen einige Prachtexemplare des weltberühmten Harzer Rotviehs, über denen fünf bis sieben Blaumeisen krakeelend die wüstesten Pirouetten drehen. Zwei Schwanzmeisen, die Diven unter den Meisen, die sich ansonsten auf Brombeergestrüppranken tummeln, stoßen sich immer wieder von einer unsichtbaren, ungefähr zehn Zentimeter hohen Ebene Richtung Sonne ab, um ein, zwei Meter über dem Boden einen Haken zu schlagen, der sie als typisch bodenfreundliche Zweiflügler verrät, während sie eine helle die Nervenenden leicht erregende, an die Anfangsmelodie der Nationalhymne erinnernde Tonfolge von sich geben.

Clausthal-Zellerfeld wird zusammengehalten von diesem einen Bindestrich. Eine alte Bergarbeiterstadt, die weder ein großbürgerliches Zentrum mit Springbrunnen und Denkmälern hat noch einen Platz, der eine wichtige Bedeutung haben könnte. Die vielen kleinen Häuser, deren Wände mit zehn mal dreißig großen Schiefertafeln verkleidet sind, machen die Stadt zu einem Baukasten-Alptraum. Auf das alles scheint die fröhliche Sonne. Wir kehren in der »Krone« ein, die mittlerweile »Goldene Krone« heißt und italienische Küche bietet. Der auf deutsch radebrechende Ober fragt, was wir von dem Wahlergebnis halten. Wir zucken mit den Schultern und wiegeln freundlich ab. Heine genoß hier einst unter anderem »frühlingsgrüne Petersiliensuppe, veilchenblauen Kohl, einen Kalbsbraten«. Die Pizza sieht erbärmlich aus. Ein dünner Fladen mit einigen Gemüse-

Erhebungen, der wie das niemals entworfene Strategie-Papier zum Wiederaufbau des Iraks aussieht. Nachdem wir nach weiterer Sucherei und Zuhilfenahme von eingeborener Ortskenntnis die Pension am Stadtrand finden und das Gepäck dort abstellen, schlendern wir wieder Richtung Zentrum. Das Gehen ohne Rucksäcke, auch wenn wir noch immer in Wanderstiefeln unterwegs sind, erzeugt ein beschwingtes, fast befreiendes Gefühl.

Die Atmosphäre von Clausthal-Zellerfeld ist bedrückend. Einer der Ortsteile liegt auf einem Hügel, der andere in einer geräumigen Mulde. Die Häuser gleichen einander. Man hat eine Touristen-Ahnung. Die Ahnung eines Vorüberziehenden von hiesigen Lebensgeschichten, die sich zugetragen haben könnten, das Weiterreichen der Tätigkeiten im Bergbau vom Urgroßvater bis zum Urenkel, die Schicksale derer, die versuchten, dem Lauf der Dinge zu entgehen. Der Sohn des Bergbau-Lokführers verknallt sich in die Tochter des Direktors, woraufhin der Direktor dem Lokführer mit Lohnabzug droht. Da ein ernstes Wort des Lokführers an seinen Sohn nicht hilft und die Direktorentochter dem breiten Rücken des Lokführersohns, der ebenfalls im Bergbau (Stollen 2) arbeitet, verfallen ist, der Direktor aber nicht auf den Lokführer verzichten kann, weil er der beste ist im Ort, schmeißt der Direktor den Sohn kurzerhand raus. Das hat zur Folge, daß der Lokführer nun nach Feierabend einen kummersaufenden Sohn zu Hause hat und zudem eine wunderbare Gattin, die wöchentlich Blumen auf dem Sonntagstisch möchte (sie ist die schönste Frau diesen Alters im Ort) und mit Liebesentzug und baldigem Verschwinden droht. Der Sinne beraubt vom billigen Fusel, erschlägt der Lokführer eines Nachts den schlafenden Sohn mit einer Grubenlampe. Ein derart melancholisches Städtchen mit Bindestrich ist es, daß einem die Realität flötengeht. Ach, nein, wir haben uns nicht wie Heine in eines dieser gedrungenen, geschieferten und abgewrackten Häuschen begeben und Lebensumstandstourismus veranstaltet. Hätte uns eh niemand hereingelassen, würde man ja selbst nicht machen. Außerdem hätte man dann Kaffee trinken, das Essen loben, Bergbaukinder auf den Arm nehmen und ein bißchen altklug reden müssen.

Wir sind gespannt auf die Neuigkeiten aus Deutschlands Politik-Theater und gehen abends in der Pension in den Aufenthaltsraum, in dem der Fernseher steht und in dem nun ein schnaufender Mittfünfziger vor einer leeren Flasche Bier sitzt und sich die Wiederholung der Fußballbundesliga-Zusammenfassung anschaut, die wir zuvor zu Teilen im »Le Filou«, einer kleinen Fußball-Pinte, gesehen hatten. Die Kleidung, die der Mann trägt, ist die Fortsetzung der Aufenthaltsraumeinrichtung mit ähnlichen Mitteln. Wir sind gespannt auf die Nachwahlverhandlungen, und nun dieser Ledersandalen tragende Platzhirsch, schnaufend, halb schnarchend, dieser so eigenartige, leicht schrille Geräusche mit der Nase produzierende Herr, der, als wir das Zimmer betreten, sogleich unfreundlich klarstellt, das Bayern-Spiel sehen zu wollen. Bayern. Oh je, denke ich, das kommt zuletzt, damit das Münchner Umland vor der Glotze bleibt. Wir halten aus. Gegen 23 Uhr ploppt der kleine Piepmatz aus der Holzuhr.

clausthaler serenade

die abendeinfahrt, die stillgelegten
förderbänder aus asphalt
und dieser 40-watt-mond darüber:

im alten bergwerk
kauen die stollen das dunkel.
die kettenhemden aus schiefer,

in denen die häuser kauern,
und hinter einem geöffneten fenster
sträubt sich ein sommerhit gegens vergessen,

bevor der herbst auf die gestutzten
beete fällt, bevor ein frost
die gartenzwerge explodieren läßt.

und unten im bistro »filou«
brennt noch ein licht: es ist die stille
vor dem elfmeterschuß. man kann das gras

jetzt wachsen hören. schön ist dieser abend.

4

»Der Name Goslar klingt so erfreulich, und es knüpfen sich daran so viele uralte Kaisererinnerungen, daß ich eine imposante, stattliche Stadt erwartete. Aber so geht es, wenn man die Berühmten in der Nähe besieht! Ich fand ein Nest mit meistens schmalen, labyrinthisch krummen Straßen, allwo mittendurch ein kleines Wasser, wahrscheinlich die Gose, fließt, verfallen und dumpfig, und ein Pflaster, so holprig wie Berliner Hexameter.«

Heinrich Heine: *Die Harzreise*

goslar

das abendlicht, das angelaufene
glas, und in der gasse die lawine

einer reisegruppe, die am markt
verharrt, sich wie der tag fast unbemerkt

zerstreut. die gose, ihr *es war einmal*;
die löwen vor der pfalz, ihr schweres mahl

aus stein; der brunnenadler, dessen schwinge
mit gold gestutzt ist. plötzlich dann der junge,

der seinen roller quer über den platz
jagt: tauben, ihre wolke aus applaus.

Der Himmel ist blau

Nach einem die Magensäfte in Turbulenzen bringenden Pensionsfrühstück, zu dem uns neben bereits zerlaufenden oder angetrockneten Käse- auch Wurstscheiben kredenzt wurden, die aussahen wie geschnittene Kinderarme, stapfen wir in der Sonne an einem Vorort-Bergbausee entlang. Schon bald begegnen wir einem alten Mann mit Krückstock und freundlichen Schmunzelfalten, den wir nach dem Weg nach Goslar fragen. Nach der Beschreibung erklärt er uns, daß es besser sei, nach Herzberg zu wandern, da es dort eine Menge älterer, sehr wohlhabender Damen mit viel Geld gebe. Dieser fröhliche Dummschwätzer, wie uns der unverhohlen ansieht! Und er will ja nur freundlich und lustig sein. Doch wie müssen wir denn aussehen mit unseren viel zu schweren Rucksäcken, den dicken Joppen, leicht invalid und humpelnd, unrasiert und geduzt, daß wir scharf auf das Geld älterer Damen in Herzberg sein könnten. Wir grinsen, schwatzen noch ein wenig über den Sonnenschein und eventuell aufkommende Wolkenentwicklungen und Himmelsverschiebungen gröberer Natur, verabschieden uns dann und gehen Richtung Norden am Bergbausee entlang, der sich Hunderte von Metern erstreckt und aus der Rumpelgegend dieser Vorstadthäuser führt. Was sind wir freundliche Burschen! Nach einiger Zeit drehe ich mich um. Der Mann und sein Krückstock, die stehen immer noch beieinander.

Auf dem platten Gipfel eines Berges, der eigentlich nur ein Hügel ist, begegnen wir zwei Mountainbikern, die nach Vater und Sohn aussehen. Beide sind so verschwitzt, daß sich der Vater beim Erklären der Strecke nach Goslar immer wieder mit den Handschuhhänden den von den Augenbrauen herabtropfenden Schweiß aus den Augen reibt. Auf die Nachfrage, wie lange es noch dauern werde, setzen sich beide wieder auf die Räder, lächeln vor sich hin, und als sie schon einige Meter entfernt sind, ruft der Sohn uns zu: »Schafft ihr, Jungs!«.

Die Hügel liegen sanft und von der Wärme trüb wie eine kitschige Postkarte. Die Schotterstraße ist von Erika und Blaubeersträuchern gesäumt. Immer wieder lichtet sich der Wald, und man sieht in eines der Täler. Es fehlt ein Hirsch, ein plötzlich unter hohen Tannen stehender, der vorsichtig vor sich hin trottet, röhren dürfte er auch. Schlichtweg alles dürfte der machen, wenn man nur mal einen sehen könnte. Nach einer halben Stunde überholt uns eine laut schwatzende Schulklasse. Als der Letzte, ein schmallippiger Pickelkopf mit i-Pod um den Hals und Stöpseln im Ohr, an uns vorbei ist, hält er plötzlich an, fixiert uns, reißt die Stöpsel aus dem Ohr und fragt uns unvermittelt, ob wir die Dichter wären. Wir sind völlig perplex und bejahen. Er tritt auf uns zu, dreht sich zur Seite, deutet mit beiden Armen geradeaus, direkt auf den Wald, auf die dunklen Baumstämme und sagt leise, daß dahinter ein Dorf liege, drei Kilometer oder vier, da sei der Walter vor zwei Jahren hineingegangen und nicht wieder herausgekommen. Dann setzt er sich die Stöpsel wieder ins Ohr und sprintet der Schulklasse hinterher.

Wir halten an einem Gasthof, wo am späten Nachmittag ausschließlich Kuchen serviert wird und die Terrasse von grauhaarigen Rentnern besetzt ist. Wir warten eine halbe Stunde nach höflich-ländlicher Sitte auf das Ende der Kaffee-und-Kuchen-Zeit, eh wir mit Heißhunger zwei Currywürste mit Pommes bestellen. Die Currywürste sind lang, als hätte man drei der Berliner Exemplare aneinandergeklebt. Ja, herrjeh, es ist kein ästhetisches Erlebnis, aber der Hunger treibts rein. Unterhalb der Terrasse befinden sich vier Holzschuppen, zwei Bungalows und zwei ausladende Wiesen, auf denen vielleicht fünfzehn depressive Pferde stehen. Dahinter breitet sich die Ebene aus, an der sehr deutlich zu erkennen ist, daß man auf einem Ausläufer des Harzes sitzt. Plötzlich verläßt ein Mann, er trägt hohe grüne Gummistiefel, das Bewirtschaftungsgebäude, geht zu einem der Schuppen, öffnet die Tür und verschwindet. Auf dieser Rentner-Terrasse ist es die Sensation des Tages. Alles dreht die Köpfe zu diesem Schuppen. Nach fünf Minuten öffnet sich die Tür wieder, der Mann fährt einen Rasenmäher heraus und lenkt auf den Zaun zu, der die Pferdewiese von der Schuppenwiese trennt. Die Köpfe begleiten den Mann. Die Tiere werden unruhig. Der Mann stellt die Maschine an und beginnt das Gras entlang des Zaunes zu mähen. Die Tiere folgen ihm Schritt um Schritt auf der anderen Seite des Zaunes. Die Köpfe auch.

Weiter auf dem Weg nach Goslar, die Augen frohlockend nach oben: Der Himmel ist blau, hellblau, an manchen Stellen leicht türkis und mit nichts zu vergleichen – eine konturlose und vermeintlich bewegungslose Fläche. Nach einigen Minuten wird er von zwei geräuschlosen Passagiermaschinen und dann von sich schräg kreuzenden Kondensstreifen zerschnitten. Die Hügel liegen still. Das Unterholz lagert in Schichten unter den zusammengewachsenen Armen der Tannen. Der Weg, der hier eine Stolperstraße mit sandgeflickten Stellen ist, verläuft serpentinenartig an zwei Bächen entlang. Rinnsale sind es, von uns jedoch geachtet, als wären es reißende Ströme. Nirgendwo sonst im Harz sollte man die Mütze ziehen, hätte man eine auf, als vor dieser üppigen, grün und braun und andersfarben durcheinandersprießenden, sich selbst feiernden Naturballung. Würde man hier leben, auf diesem mitteldeutschen Zufriedenheits-Boden, man hätte doch täglich den Wunsch, darin aufzugehen, zu verschwinden. Eine Tagesaufgabe wäre es, die Blaubeeren zu beobachten.

Als uns die Frau im Kiosk am Ortseingang fragt, woher wir gerade kämen, wirkt sie nach unserer Antwort erst ein bißchen erschrocken, mustert uns von Kopf bis Fuß, und dann spiegelt sich in ihrem Gesicht die vollste Höchstachtung wieder. Mit ihr und den beiden älteren Männern, die den Kiosk als Nachmittagsbeschäftigung und Kommunikationspunkt nutzen, gehen wir für eine Weile die üblichen Small-Talk-Parameter durch. Einer der beiden greift tief ins Nähkästchen und erzählt die Geschichte von der »Schwein-Verscheuche«. Wildschweine hätten vor ungefähr zehn Jahren in der Umgebung immer wieder nachts die Gärten durcheinandergebracht und so seien die beiden Nachbarn in den Wald zu einem alten NVA-Depot, einem offenen Geheimnis, gegangen und hätten Blendgranaten entnommen. Gehöre eh keinem mehr, beteuert der kleinere der beiden. Sie hätten den Wildschweinen in der Morgendämmerung aufgelauert und zwei Granaten abgefeuert, in der Hoffnung, die Wildschweine derart zu erschrecken und vorerst zu verscheuchen. Am übernächsten Morgen waren beide Gärten völlig verwüstet. Wir lachen verhalten mit, kaufen Mineralwasserflaschen, verabschieden uns von den Männern und danken der Frau im stillen für die offensichtliche Anerkennung unseres heutigen Marsches.

In Goslar klingeln wir versehentlich an der Hausnummer 7 und werden zur 10 verwiesen. Der Vermieter stellt sich vor mit »Förster, mein Name« und »wie im Wald«. Er sieht müde und zerschunden aus, als wäre er nach achtzehnstündiger Meditation mit Ohrstöpseln aus einem seiner Kellerräume dem Lichte emporgestiegen. Er ist wortkarg, hält eine Tür auf, hastet anschließend schnell an uns und unseren Rucksäcken vorbei, um die nächste Tür aufzuhalten, und macht doch, als er das reservierte Zimmer öffnet, durch seine Bewegungen deutlich, daß er schnell wieder in Ruhe gelassen werden möchte. »Frühstück ist morgen nebenan«, murmelt der Förster noch, bevor er uns mit einem kurzen, resoluten Nicken, das wohl so etwas wie »Schönen Tag noch« heißen soll, verläßt. Das Zimmer mufft nach Gardinen, die man nach Neunundachtzig aufhängte und bis heute nicht wieder abnahm. Wir legen unser Gepäck ab, beschließen, daß dieses Zimmer ausgeräuchert oder komplett renoviert gehört, und laufen in das Zentrum, wenn man den Kern einer Kreis- oder sonstwie kleineren Stadt so bezeichnen kann. Goslar ist bisher die mit Abstand sehenswerteste Stadt. Goslar ist schön. Muß man so sagen. Verwinkelte Kopfsteinpflasterstraßen, ein schiefes Fachwerkhaus steht neben dem nächsten, und fast alle haben sorgfältig-kunstvolle Holzschnitzereien in den Balken. Es sieht museal aus, man ist verdutzt, findet es merkwürdig, daß darin gewohnt wird. Das könnte man komplett abbauen und woanders als Fachwerkmusterstadt wieder aufbauen. Nein, man kann gegen diese Stadt nichts sagen. Es ist alles wunderschön. Kein Dreck, kein Müll. Aber was tut man hier als pubertierende Hormonbombe? Irgendwas verschandeln, ansprayen, verunstalten geht nicht. Die Stadt ist als UNESCO-Welterbe anerkannt. Da würde man, stellte man was an, trotz fehlender Kameras und Monitore in den Straßen, sofort entehrt werden, die Familie aus der Bilderbuch-Stadtgemeinde ausgeschlossen, man müßte in eine andere Region, womöglich in ein anderes Bundesland und so weiter. Was macht man nun als frühreife Suchmaschine? Rennt man mit Papas Kettensäge, wenn sich der Fundus an Kritik zu einem alles und nochmals alles durchdringenden Kopfschmerz zusammenballt, in den Wald und fällt dreißig Quadratmeter Baumbestand. Pinkelt man rotzbreit in den Rathausbrunnen und zeigt dem oben auf dem Brunnenkopf befestigten, goldenen Reichsadler den Mittelfinger? Oder bestreitet man, wie andernorts auch, mit seinen Kumpels den neuesten Stand der Liebesdinge, der am darauffolgenden Tag ein völlig anderer sein kann, und hört Musik, die gar nicht ohrenbetäubend genug sein kann. Wir sitzen in einem Eiscafé auf dem Markt. Der Blick geht durch eine fachwerkgesäumte Gasse, dahinter ein Hügel aus dichtem Tannenwald, der in diesem Licht fast völlig konturlos als dunkelgrüne Armada erscheint, die wie eine Drohung über der Stadt steht.

Schierker
Feuerstein

Folklore

Du hast dieses alte Licht zu achten, das morgens
aus den Gipfelwipfeln der Kleinstbäume springt,
während du mit dem Blut der Zimmerleute, mit
denen du nun verbrüdert, als Trachtenträger
an den Wirtsleuten, die ganztags die Hügel
verhöhnen, an allem, was je Bedeutung
hatte, vorbeimarschierst, und dir das alles
nichts als Angriff ist, ein Querschläger
der an der Herzwand abprallt, was bist du
was hättest du schaffen können, du hättest dich
bohren können diamanten durch Berge

66
Erz Bergwerk Rammelsberg
Tagesförderstrecke

chor der bergleute (1820)

der frosch hüpft vor uns durch die dunkelheit,
ein kleines licht,
von nichts als talg genährt – und doch wird das
gebirge leicht.

das große kehrrad, dessen mäuler wir
mit wasser füttern,
bis sich das eichentier bewegt, um uns
das erz zu fördern.

das tropfen, die gemäldegalerie
der vitriole,
hinterm rücken an der wand das tanzen
der schattentrolle,

und in der kaue oben ganze schwärme
von wäschenetzen,
die kleider, die wie fledermäuse unter
der decke sitzen

und auf uns warten: trittst du in die nacht,
den größeren stollen,
kommt lautlos, hoch über den köpfen
die sternkunst ins rollen.

Er setzt sich den Helm auf

Man schätzt ihn auf dreiundsiebzig.
Er wohnt am Bahndamm.

Er hat fünf Brüder, drei Schwestern, Vater und Mutter. Die Brüder fuhren, wie auch er, schon als größere Kinder mit Helm und Grubenlampe in den Berg. Mit zwölf haben wir angefangen, sagt er. Die Brüder sind fort, zwei sind im Berg geblieben, die Schwestern verheiratet, eine in Goslar, kein Kontakt, eine in Dresden, die Eltern nicht mehr.

Er hat graue Haare, die er regelmäßig kurzschneiden läßt.
Er kennt den Vornamen der Frisörin.

Am Eingang des Stollens erfuhr er von der Geburt seines Kindes. Er erinnert sich an den Mann im Anzug, der hastig auf ihn zulief und seinen Namen rief. Man hat ihm die Hand geschüttelt, auf die Schulter geschlagen.

Blei, Zink, Kupfer.

Er hat ein von Falten und Furchen modelliertes Gesicht.
Abends Fernsehen.

Als das Bergwerk geschlossen wurde, bat er um seinen jetzigen Posten. Er verwies auf seine jahrzehntelange Arbeit, immerwährende Bereitschaft und Kenntnis der Materie. Man hat ihn zwei Monate, in denen er darauf hoffte, warten lassen. Das Gehalt ist besser.

Ein Tourist mit Feldstecher um den Hals schätzte ihn auf fünfzig. Er wünschte, er hätte zugeschlagen. Er ist friedfertig. Eine Dame aus Asien, er tippt auf Japan, hat ihn beruhigt.

Seit achtundachtzig keine Förderungen.
Vor jeder Führung setzt er den Helm auf.

Als ihn dann doch eines Nachmittags ein Junge von vielleicht sechs, sieben Jahren unerwartet fragt, ob er hier gearbeitet hätte, nickt er mit dem Kopf. Der Vater des Jungen fragt weiter. Ob er hier nicht unter Raumangst gelitten hätte. Sie stehen an der tiefsten Stelle des Berges, im Bauch, denkt er. Er geht auf einen Schalter zu und betätigt ihn, so daß die Gruppe in völligem Dunkel steht. Er sagt, daß man so für einen Moment alle Lichter löschte. Danach hätte man sich wieder gefunden. Er läßt die Dunkelheit, bis er erst die Geräusche der Bewegungen wahrnimmt, und dann, Momente später, jemand um Licht bittet.

Wegen der Vitamine preßt er jeden Morgen Orangen.

Auch die Besucher müssen Helme tragen. Einem, der am Ende der Schlange läuft, drückt er eine elektrische Lampe in die Hand und bittet ihn, sie während des Rundgangs eingeschaltet zu lassen.

Glück auf.
So begrüßt er Besucher.

Was wissen die schon.
Die Wende.
Das Gebiet ist schwach.

An der Stelle, an der sein Vater einen epileptischen Anfall erlitten hatte und liegengeblieben war, lotst er die Besuchergruppe vorbei, trotz der möglichen Aussicht auf einen der längsten beleuchteten Stollen. Er versperrt den Blick und zupft unbeholfen an seiner Kleidung herum oder prüft die Batterien. Hier könne er nichts erklären.

Es ist ein Beruf.
Abends Fernsehen.

Weltkulturerbe.
Was soll das sein?
Glück auf, sagt er.

Fragen neugierige Touristen nach Unfällen, schüttelt er langsam den Kopf von rechts nach links nach rechts. Stets die gleiche Prozedur. Er hat sich eines Abends während der Übertragung der Eiskunstlauf-Weltmeisterschaft überlegt, darauf nicht mehr zu antworten.

Ein Merkwürdiger sei er, sagt die Stadt. Aber freundlich, erwidern andere. Man hatte ihn als Ehrenbürger vorgeschlagen. Das hätte es früher nicht gegeben. Er lehnte ab. Das hätte es früher nicht gegeben. Er könne dazu nichts sagen.

Blei, Zink, Kupfer, Silber, Gold.

Als Fünfzehnjähriger sah er einen der Nachbarsjungen als brennende Fackel brüllend durch den Stollen rennen. Der hat mit der Lampe gespielt, sagte ein Alter, während er sich mit einem Stück Stoff, das er sich hastig vom Hosenbein abgerissen hatte, die Nase zuhielt. Man hat ihn noch am Abend desselben Tages beerdigt. Wegen der Gemüter, sagte der Pfarrer auf Nachfrage der Mutter. Es roch noch zwei Tage später.

Er zeigt auf die massiven Holzräder, durch die das Löschwasser angetrieben wurde. Es ähnelt einem Kreislauf, sagt er.

Weltkulturerbe.
Was soll das sein?
Er preßt Orangen.

Die Grubenlampe war früher ein Frosch. So sagt man. Eine gebogene Metall-Lampe, deren herausragender Docht mit Öl aus dem Korpus der Lampe versorgt wurde.

Die Stahlleiter, die man über dreißig Meter am Ende des Rundgangs hinaufsteigen muß, um wieder nach draußen zu gelangen, ist immer noch steil, naß und rutschig. Er bittet die Touristen um erhöhte Vorsicht und Aufmerksamkeit. Er benutzt diese Leiter, seit er Führungen leitet, nicht mehr.

Glück auf, so sagte man jeden Morgen.
Im Winter gab es auch draußen kein Licht.

Wir sind hier sechshundertdreiundsechzig Meter unter dem Meeresspiegel. So beginnt er seine Führungen. Er erklärt die Erze. Den Tagesablauf eines Arbeiters. Und bittet um Vorsicht und Aufmerksamkeit.

Als er auf einer Sprosse der Leiter auf dem Fuß ausrutschte – die Hände ließen die Außenstäbe nicht los –, raste er hinunter, riß sich den rechten Oberschenkel und die Handinnenflächen auf. Dabei stieß er mit den Beinen einen Kumpel von der Leiter fort. Die Blutvergiftung, die er sich einfing, wußte der Arzt zu stoppen. Der Kumpel schlug dumpf auf den Boden. Zwanzig Meter.

Er rennt den Weg zurück, nach draußen, eine Strecke, vielleicht hundertfünfzig Meter, um den Berg, und kommt stets zeitig an, noch ehe der letzte Tourist aus dem Berg ist. Er nimmt die Lampe an sich, die der Letzte getragen hat, und verabschiedet sich höflich.

Der erste ist hier neunhundertsechsundachtzig rein.
Wie er damit weiterleben soll.
Das hat man ihm nicht gesagt.

Die Grubenlampe war früher ein Frosch.

Fundstück: Die Butterhanne

Mit der linken Hand da buttert sie,
die rechte am Gesäße,
So macht man hierzuland
den guten Harzer Käse.

(aus dem Gästebuch der Gaststätte im
Brusttuch-Haus, Goslar)

Marktkirche. Skizze

Die Glasmalereien in der Marktkirche in Goslar: Neun Scheiben von ursprünglich vierzehn, auf denen der unbekannte Künstler im frühen dreizehnten Jahrhundert das Leben und den Tod, nein – die Tode der Heiligen Cosmas und Damian festhielt, Brüdern und Ärzten aus Kleinasien, die Menschen wie auch Tiere heilten, ohne dafür einen Lohn zu verlangen, Gläubige, die auch der Präfekt Lysias nicht zwingen konnte, den fremden Göttern zu opfern, nicht indem er sie foltern, nicht indem er sie in Ketten ins Meer werfen ließ, aus dem ein Engel sie errettete. Jacobus de Voragine erzählt in seiner *Legenda aurea*, was mit Cosmas und Damian – und mit ihren drei Brüdern – weiter geschah: »Also ließ er sie in ein großes Feuer werfen, davon blieben sie doch unversehrt, und die Flamme schlug aus von ihnen und verbrannte der Heiden viel, die dabei stunden. Darauf gebot er, daß sie auf die Folter würden gespannt; aber ein Engel hütete ihrer; und da die Knechte sie vor Müdigkeit nicht mehr mochten schlagen, wurden sie wieder vor den Richter gestellt unversehrt. Der ließ nun die drei Brüder in den Kerker schließen; Cosmas und Damian aber hieß er kreuzigen, und hieß das Volk mit Steinen auf sie werfen. Da sprangen die Steine auf sie zurück, die sie warfen, und verwundeten ihrer viele. Da ließ der Praefect voll Zorns die drei Brüder aus dem Gefängnis führen und neben das Kreuz stellen, und hieß vier Ritter auf Cosmas und Damianus, die an dem Kreuze hingen, mit Pfeilen schießen. Doch sprangen die Pfeile zurück und verwundeten viel andere Menschen, die heiligen Märtyrer aber blieben unversehrt. Da der Praefect sah, daß er in allem war überwunden, ward er geängstigt bis in den Tod, und hieß die fünf Brüder des anderen Morgens zusammen enthaupten.« Das intensive rote des einen, das helle weiße Gewand des anderen auf den Scheiben. Am eindrücklichsten vielleicht: Die Steinigung, die in ihrer Darstellung zunächst fast abstrakt wirkt. Kaum lassen sich die geworfenen Steine von den Köpfen der Werfenden unterscheiden, Cosmas und Damian rechts unten in der Ecke erkennen. Das leuchtende Blau, das die Menge von ihren Opfern trennt, die ganze Komposition, die weniger figürlich als dynamisch gedacht scheint, mehr Farbe und Bewegung hin zu den Heiligen ist als klar konturierte Szene. Und was für eine Idee schließlich: Das zarte Glas, das die Steinigung enthält; das Zerbrechlichste, das die Rohheit in sich birgt und damit bannt. Die Darstellung der Unbeugsamkeit, eines vielfach erlittenen, doch nie endgültigen Todes mittels jenes Materials, das schon ein Kiesel, ja eine ungeschickte Drehung zerstören könnte. Glasmalerei: Die mit Blei zum neuen Bild zusammengefügten, gefärbten Stücke. Die Scheibe, die ganz wird, indem man sie zerbricht.

Jugend
2005
Schützenkönig
2004
16

après henri (2)

auf dem berge steht die hütte,
wo der alte bergmann wohnt,
dem der wechselhafte klumpen
mondesgold die mühen lohnt.

hinter dem barock des vollbarts
kaut der alte mann sein brot.
und die nacht kaut seine hütte,
die schon zu verschwinden droht.

5

»Die Sonne ging auf. Die Nebel flohen, wie Gespenster beim dritten Hahnenschrei. Ich stieg wieder bergauf und bergab, und vor mir schwebte die schöne Sonne, immer neue Schönheiten beleuchtend. Der Geist des Gebirges begünstigte mich ganz offenbar; er wußte wohl, daß so ein Dichtermensch viel Hübsches wieder erzählen kann, und er ließ mich diesen Morgen seinen Harz sehen, wie ihn gewiß nicht jeder sah.«

Heinrich Heine: *Die Harzreise*

Zwischen Sorge und Elend

Faltet sich das Licht gegen halb fünf,
in diesem Jodmangelgebiet hielte man
den Kopf raus, wäre da ein Flegelwind
aus Südnordost, und der langsam zu sich
kommende 30. September, an dem man
nichts gewonnen haben möchte

Elend heißt das Dorf

In Bad Harzburg bekamen wir, als wir die Reise planten, wegen saisonaler Frühherbst-Schließung keine Unterkunft, und so verlegten wir kurzerhand die Route. Wir nehmen den Bus, in dem wir ein wenig vor uns hin dösen, nach Braunlage. Dort angekommen, betreten wir an der Hauptverkehrskreuzung einen Laden, in dem Unmengen von Touristenartikeln verscherbelt werden: Kräuterschnäpse in den abstrusesten Glasformen (Frauenoberkörper, der Brocken, Hirsche usw.), die den Daheimgebliebenen den größtmöglichen Souvenir-Spaß ermöglichen sollen, Wanderstöcke, Wanderabzeichen für die Wanderstöcke und regionale Süßigkeiten. Außerdem Höhlenkäse aus hochprozentiger Rohmilch, von dem jeder von uns ein Stück kauft. Und Wild liegt hier herum, jede Menge Wild, verpackt in Folie, verschweißt, in Dosen, in Gläsern. In diesem Luftkurort wirkt es wie eine zynische Angelegenheit. In dem Laden stapelt und drapiert sich so viel von diesem toten Wild, daß man denken könnte, im Umkreis von zwei Kilometern sei kein einziges Tier mehr auf den Beinen. Der Anschlußbus kommt erst in einer Stunde, und so setzen wir uns trotz gefühlter fünfzehn Grad Außentemperatur in den gräßlich herausgeputzten Biervorgarten eines Restaurants und bestellen Weizenbier, lesen in einer Tageszeitung, frieren an den Fingern und beobachten, was auf der Hauptverkehrskreuzung passiert. Langsam spüren wir die Füße (das zieht erst langsam, vorsichtig, etwas unbeholfen, dann rasant und stumpf und schmerzend in den Körper hinauf) und stapfen (das schmerzt jetzt richtig) zu der gegenüberliegenden Bushaltestelle, an der der Bus nach wenigen Minuten hält.

Es ist schon eine kleine Leistung, dem Busfahrer nicht zu sagen, daß wir gerne zwei Tickets ins Elend hätten. Elend heißt das Dorf, das wir heute erreichen werden. Drei Kilometer weiter liegt Sorge. Zwischen Elend und Sorge. Darüber darf man keine Witze machen. Die lärmen nämlich schon alle möglichen Tiere von den Dächern. Abends sehen wir uns die paar Häuser an, aus denen Elend besteht. Wir sind auf der Suche nach einem kühlen Getränk, am besten direkt an dem kleinen Flüßchen »Kalte Bode«, geben das aber schnell auf. Wir treffen auf keinen Menschen. Elend scheint ausgestorben. Das Zentrum von Elend ist eine kleine weißgestrichene Holzkirche, die die kleinste von Deutschland sein soll, das glaubt man sofort. Sie steht nun in dem trägen pastellfarbenen Licht auf einer geräumigen Rasenfläche wie der Versuch oder die Versuchsstation eines Zentrums. Dicht daneben zwei alte verkrüppelte Eichen. Es wäre kein schlechter Platz, um die Schlußeinstellung eines Harz-Western abzudrehen. Plötzlich ist es ein Moment absoluter Klarheit, der sicherstellt, daß gar nichts klar ist. Umgeben von düsterem Wald, an der Grenze zur Nacht, mit schweren Beinen, kaputt vom Wandern, grölt der Himmel seine Sonnenuntergangspastorale, und solch ein Licht macht hilflos, ruhig und ein wenig dumm. In einem der kleinen Familienhäuser ein Sozialdrama von bisher nicht geahntem Ausmaß. Aber davon hört man nichts.

In dem angeschmutzten, abgetakelten Hotel, an dessen Außenfassade die weiße Farbe bereits an zahlreichen Stellen aufgeplatzt und abgeblättert ist, sitze ich wenig später in der traurigen Lobby, die hier Frühstücks-, Speise- und Festsaal in einem ist. An der Seite der Figuren aus D. B. Blettenbergs »Blauer Rum« reise ich durch Südamerika, während ich hin und wieder den Kopf hebe, sehr weit hebe, ach was, in den Nacken lege, und den Blick aus dem Fenster über die Gipfellinie der Tannenphalanx huschen lasse, die, kaum zehn Meter entfernt, auf der anderen Seite der Dorfstraße wurzelt. Beobachtet werde ich derweil von einem Eichhörnchen, drei Keilern, die es gar nicht gibt, und zwei kleinen Vögeln, die den Stamm einer der Tannen in hoher Geschwindigkeit auf und ab flitzen.

Zum Abendessen bestellen wir Harzer Platten, was nichts anderes bedeutet, als daß wir Mengen von Harzer Käse, Zwiebeln, Gewürzgurken mit Brot, Schmalz und Butter serviert bekommen. In der Mitte dieses Ensembles thront ein bis zum Anschlag gefülltes Schnappsglas. In Ihringen, einem Dorf im Kaiserstuhl, sagt man zu dem dortigem Grauburgunder, daß der stauben muß. Hier sagt man, daß der Harzer Käse laufen muß. Nach dem Essen gehe ich vor die Tür, um die nächtliche Stille zu genießen. Es ist so kühl, daß ich meinen Atem sehen kann. Ich lege den Kopf in den Nacken und sehe diesen Sternenzirkus, diese Riesenstracciatella, obwohl man den Himmel eher umstülpen müßte, um daraus eine ordentliche Stracciatella zu machen. Mir fällt die Anekdote von S. ein, der für eine Werbeagentur als Texter arbeitete. Kurz vor Weihnachten wurde die hundertköpfige Belegschaft in ein Flugzeug verfrachtet und an eine Polkappe geflogen, dort auf einen Eisbrecher gesetzt, und

S. sprach davon, daß sie durch eine Riesen-Caipirinha gefahren wurden. Stimmte auch nicht ganz, das Bild. Da fehlte zum Beispiel der Rohrzucker. Nachts wache ich auf und bin kurz verwirrt. Ich höre ein leises und stetiges Dröhnen und Rauschen. Ich rappel mich mit dem Kissen im linken Arm auf und bemerke dann aber schnell, daß das Hotel unmittelbar neben der »Kalten Bode« liegt, drehe mich um und verfluche, bevor ich wieder einschlafe, die schäbige Mittelmäßigkeit der Siebziger-Jahre-Einrichtung des Quader-Zimmers, die mir kurz in Schemen deutlich wird.

hotel waldmühle

schnaubend kroch der bus um die kurve, folgte seiner
eigenen fährte zurück, bis sein geräusch sich verlor,
wir uns ganz alleine fanden in elend – hunde
bellten ihr echo an, irgendwo weiter weg
fiel ein schuß, doch all dies schluckten die hänge. weiße
häuser, ringsum verstreut, wie aus knochen geschnitzt,
einem riesenhaften würfelbecher entfallen,
liegengeblieben im tal, als man zu spielen vergaß
oder es müde wurde, weil die summe der augen
nie das glück versprach, höchstens den einsatz zurück.
mit dem ausgezehrten charme von alten casinos
unser hotel, sein holz ebenfalls leuchtend weiß,
unter diesen blauen septemberhimmel gegiebelt.
hinterm tresen der wirt schraubte die flasche zu,
deponierte sie eilig in seiner schürzentasche,
händigte uns sodann unseren schlüssel aus –
samt dem schrumpfkopfgroßen stoffball daran – für zimmer
einhundertsiebzehn in stock eins am ende vom gang
neben den badezimmern. an den wänden die hirschge-
weihe begleiteten uns durch diesen schummrigen flur
mit seinem sumpfgebiet aus uralten teppichböden,
worin das lachen, der lärm früherer gäste versank,
schichten tief unten bildete wie von blättern und zweigen.
unter des hirschgebeins mattem weißen schein

öffneten wir die tür: ein becken, ein spiegel darüber
mit einem stückchen tag; gegenüber den zwei
pritschen mit den eingelegenen rückenmulden
hing das medusenhaupt eines getopften farns,
ließ uns erstarren – wie auch die beiden rehe auf dem
bild an der anderen wand, pastelliertes idyll
mit seinem schattigen grün, der arglosigkeit eines bächleins;
gleich vor dem fensterbrett rauschte die bode dazu,
murmelte mit kieseln im mund ihre harzfolklore.
unten im speisesaal schnitten wir mond um mond
aus dem harzer roller, den uns mit zwiebelmiene
einer der kellner stumm neben den bierkrug schob,
prosteten jenem ausgestopften auerhahn zu, dem
iltis hinter glas, schließlich dem eberkopf,
der mit den hauern durch die blümchentapete pflügte
wie jener einsame herr durch sein kartoffelgericht.
ehepaare, die schrate am stammtisch – wenige gäste,
doch mit der schweigsamkeit mindestens einer abtei;
nur das radio häkelte leise schlager um schlager,
bis um neune der wirt sämtliche türen verschloß,
alle kellner und unser eber ins dunkel verschwanden.
wirklich war es der mond, der durch die scheiben schien,
als wir zu schlafen versuchten, ein voller mond, der uns die
bäume durchs fenster trug, jedwedes blatt, jeden ast
als ihre eigenen schatten wachsen ließ auf den wänden,
wo sie im leichten wind zitterten, schwankten, bis
sich das rauschen der bode mit dem rauschen vereinte,
welches vom bächlein kam oder zu kommen schien,

das durch die lichtung über uns floß, und das äsende rotwild
rupfte nicht weit von uns ungeduldig sein gras.
unter uns nicht die härte der federn, sondern die wurzeln
eines mächtigen baums (oben im wipfel ein stern),
als es raschelte in den büschen, plötzlich dicht am
ohr jenes käuzchen rief, lockte: im zimmer der wald.

Fundstück

Wie beschleunige ich meine Suche im Internet?

*

Was können Kinder in der Küche lernen?

*

Welcher Typ sind Sie beim Streiten?

*

Wie erkenne ich, dass mein Pferd Herpes hat?

(Überschriften aus der *Braunschweiger Zeitung*, 21.9.2005)

Hotel Waldmühle

Die Welt und was sie hält
das ist die Nacht, ihr schwarzer Rock
der Mond das Auge des Portiers
den das langweilt unter Schmerzen
darin ein Mädchen Messer schleift am Herzen

Tage in den Stiefeln

Das nasse Moosgrün in diesem durch
und durch zu wandernden Mistwald
und seine Wegränder aus Blaubeer
und Erika, und keine Hirsche gesehen
nichts dergleichen, nur wie die Sonne
mittags in die Täler sprang, das
muß genügen und paßte, würde
man es verzieren, auf keine Karte

schierker feuerstein

neureicher festkreis,
kirchensteuerfreies
feiern: küsters erich,
keusch frisierte rené,
urs: reife kirschen, tee,
irres eierkuchenfest.
feuchteres riskieren?
feuchteres riskieren:
schierker feuerstein.
früh reißt neckerei
ein, frecher tiere kuß,
sie kichern, es erfreut
schererei, freie kunst,
reifste schurkereien
seit cherusker feiern.
riskiertes feuerchen:
tierreiche ufern kess,
fetische kursieren. er,
erich, esse, trinke für
feines etruskerreich,
führers stickereien.
schiefer kreist neuer
schierker feuerstein:
urs keift schreie, rené
uriniert – freche, kesse

rené – küßt erich reif,
kritisches feuer, rené,
er keucht seins freier,
eifersucht, krise, rené,
keusch frisierte rené,
kreischen, tieresrufe.
schierker feuerstein:
kriecherei fürs nest,
feuersteins kriecher,
schiefe trinkersreue.

6

»... es ist ein äußerst erschöpfender Weg, und ich war froh, als ich endlich das langersehnte Brockenhaus zu Gesicht bekam ...«

Heinrich Heine: *Die Harzreise*

Der Brocken ist ein Gesamtdeutscher

Auf einem Schotterweg, der von üppiger Fauna gesäumt ist, laufen wir durch das Bodetal, in dessen Mitte und Senke die »Kalte Bode« neben uns herfließt, und gelangen nach einer halben Stunde nach Schierke. Schierke ist ein kleines Dorf aus höchstens zweigeschossigen Einfamilienhäusern, die sich gedemütigt an der einzigen Straße, die den Ort durchzieht, gesammelt haben. Einige Hotels, ein bißchen Einzelhandel und ein Discounter, der, so hat es der Herrgott gewollt, nicht zu übersehen ist. Geräumige PKW- und Reisebus-Parkplätze für den alljährlichen Ski- und Sommertourismus verschandeln das, was in den Achtzigern, so steht es im Reiseführer, als Mund-zu-Ohr-Tip galt. Das »Hotel Heinrich Heine«, das etwas abseits steht, ist ein pompöser Bau, der bankrott hinter vernagelten Fenstern und Türen den Jahreszeiten trotzt. Der Brocken ragt empor. Oder Schierke bei Fuß. Wie man will.

Wir gehen in einen kleinen Lebensmittelladen, um Wasserflaschen zu kaufen. Der Laden sieht aus wie die radikalste Form einer Discounter-Alternative. Lebensmittel türmen sich fast bis an die Decke. Auf den ersten Blick könnte man hier seinen Wocheneinkauf innerhalb kürzester Zeit mit minimalem Kraftaufwand erledigen. Die Verkäuferin ist eine ältere, angegraute Frau, die uns, nach dem wir das übliche Gespräch über die allgemeine und demnächst herbeieilende Wetterlage abgeschlossen haben, erzählt, daß das hier schon seit Jahrzehnten ihr Arbeitsplatz sei. Sie deutet mit beiden Händen auf den Fußboden. Schon zu DDR-Zeiten, wie sie sagt, hätte sie hier geschuftet, damals, als der Laden noch nicht privat war. Sie macht uns darauf aufmerksam, daß heute nacht Vollmond sei, und bei Vollmond würden die Hirsche brüllen. Wir sehen sie abwartend an (vielleicht mit ein bis zwei hochgezogenen Augenbrauen), worauf sie hinzufügt: »Die Hirsche spüren das, wenn Vollmond ist.« Auf unsere fragenden Blicke, ergänzt sie ihre kleine Ausführung mit raunender Stimme und leicht zur Seite geneigtem Kopf: »Das spüren die, ja, ja.« Wir wünschen der Frau alles Gute, was nicht mal gelogen ist, und verlassen den Laden. Köpfe Richtung Brocken. Die Sonne macht weiter. Die Beine machen mit.

Daß auf dem Weg zum Gipfel des Mount Everests Sauerstoffflaschen, Zelte und andere Ausrüstungsgegenstände die Landschaft verhunzen, ist keine Neuigkeit. Wie soll dann bloß die höchste mitteldeutsche Erhebung, die mit einer Schmalspurbahn erreichbar ist, aussehen? Der Gipfel, oder wie man diese Plattform auch nennen möchte, ist erreichbar über verschiedene ausgetretene Pfade, konstruierte Wege oder eine asphaltierte Straße, auf der man sich zu Fuß und auf Fahrrädern bewegen kann. In Kutschen und Planwagen wird Schierker Feuerstein, das regionale Kräuterschnapsgesöff, gereicht, das ähnlich schmeckt wie Jägermeisterkümmerling. Auch der Deutsche Alpenverein hat aufgerüstet und am Rand von Schierke das »Basislager Brocken« zweihäusig mit künstlicher Kletterwand und einer Hangelseilstrecke über der »Kalten Bode« errichtet. Der Anfang ist gemacht. Wir nehmen einen der Pfade, der sich später zu einem breitgestapften Weg mit Holzstufen entwickelt.

Wir überholen nach einer Stunde eine Wandergruppe von fünfzehn Männern und Frauen, die durcheinanderkrakeelend auf Steinen pausiert. Während wir grußlos an ihnen vorbeigehen (so etwas Lautes am Höchsten, was Norddeutschland zu bieten hat, darf man nicht grüßen), öffnet einer dieser Wanderkameraden seinen kleinen Rucksack und holt eine 20er-Packung Kräuterschnaps hervor, was erneutes Gejohle auslöst. Wir hören sie, obgleich sich diese Plage nicht zu bewegen scheint, noch gut zehn Minuten durch den Wald schallen.

Nach einer weiteren Stunde erreichen wir die Plattform. Hunderte tummeln sich an Imbißbuden, auf Bierbänken, mit Ferngläsern, Krückstöcken, Wochendendausflugskleidung, obwohl heute ein Wochentag ist. Eine Schmalspurbahn fährt mehrmals täglich von Wernigerode über verschiedene kleine Bahnhöfe bis hoch auf den Brocken. In den Waggons wabert ein Luftgemisch aus abgestandenem Schweiß und Alkohol. Ganze Ausflugsgruppen zünden sich schon vormittags dermaßen mit Schnäpsen die Köpfe an, daß selten noch stabil und einwandfrei gelaufen wird. Auch die Fit-for-fun-Fraktion mit ihren Mountainbikes, Sportklamotten und Kickboards sind da. Kurzum: Alles, womit man nichts zu tun haben möchte. Bei der Betrachtung dieser Ballung menschlicher Abgründe und Verhaltenskrüppeleien mutiere ich zu fleischgewordener Verachtung. Auch wenn es derweil in Berlin auf eine große Koalition hinausläuft – hier wäre der Ort für grundlegende Veränderungen.

Berlin, so wird behauptet, soll man bei guter Sicht am Horizont erkennen. Die Erde wird sich hoffentlich so weit krümmen, daß wir diesen größenwahnsinnigen, völlig übersteuerten Weltstadtquatsch nicht auch hier noch sehen müssen. Reicht ja schon, daß man mit dieser karnevalesken Oktoberfest-Atmosphäre klarkommen muß. Auch eine zehnköpfige leicht weggetretene Männer-Delegation aus Sievenhagen sitzt auf zwei Bierbänken an einem mit Bierflaschen und Kartoffelsalat-Papptellern befrachteten Holztisch. Alle zehn tragen den gleichen dunkelblauen Pullover mit dem gelben Schriftzug »Feuerwehr Sievenhagen« auf dem Rücken. Ein blonder Herr trägt vor seinem Bauch eine Halterung, in der zwei kleine Bierfässer stecken, von denen rechts und links zwei schmale Schläuche zum Mund führen. Jetzt müßte nur noch einer von denen rufen: »Jetzt wird gelöscht!« Dann wäre der Sack voll. Einen Bierflaschenwurf entfernt sieht der Telekom-Turm wie eine zurückgelassene Raketenstation aus. Das Gebäude, in dem das Brocken-Museum, dessen Besuch wir uns ersparen, untergebracht ist, erinnert mit viel Phantasie an eine Sternwarte für Kinder. Ach was, es sieht häßlich aus, nichts für Kinder. Für Kinder ist das hier eh alles nichts. Das Brockenhaus ist eine mit viel Wohlwollen annehmbare Jugendherberge. Wir hatten schon Monate zuvor die Unterkünfte gebucht. Die Anfrage beim Brockenhaus, dort zu nächtigen, hat nur eine junge strenge Frauenstimme zu der Bemerkung veranlaßt, daß bereits bis in den nächsten Sommer alles ausgebucht sei. Wir hakten nach. Sie lachte, sagte dann etwas wie »Da müssen Sie schon eher kommen!« und lachte weiter.

Jetzt stehen wir also auf historischem Gebiet. Einstmals war die Kuppe des Brockens Staatssicherheitszone mit Funkabhör und Mauer drum herum. Nach neunundachtzig, der Wende, dem

Fall der Mauer oder wie mans sagen möchte, ist hier alles hochgepilgert, um es in Besitz zu nehmen und zu feiern, was zu feiern war. Trotz Sonnenschein geht ein rauer Westwind. Es sollen schon Windgeschwindigkeiten von bis zu 280 km/h gemessen worden sein. Nun ist der Brocken ein gesamtdeutscher auf der Höhe seiner Zeit: sportlich, asozial und eine riesige, genau nach Bedürfnissen aufgeteilte Erlebnishalde. Pinkeln kostet auch Geld. Die Pinkelgeld-Nehmer sind natürlich von einer anderen Firma. Outsourcing selbst hier.

Als wir schon fast im Tal sind, kurz vor dem bereits anvisierten kleinen Wasserfall, fällt mir von weit, weit oben ein Stein auf den Kopf. Ich denke an die Literaturkritik, mache ich in letzter Zeit leider öfter. Ist eigentlich sehr dumm. Ich suche dann regelmäßig um Rat bei meiner Freundin. Die haut mir dann immer auf den Kopf. Gerade denke ich, daß in jeder Kartoffel mehr Ironie steckt als im Kopf von Herrn Eichel und daß Frau Dörne damit lieber aufhören sollte und sich Frau Kramer immer sehr anstrengt. Jetzt hätte meine Freundin schon dreimal zugeschlagen. Germanistikstudenten haben wir noch gar nicht getroffen, obwohl es im Harz davon wimmeln soll. Ein Gespräch über den langerwarteten, seit nun fast zwei Jahrzehnten herbeigesehnten Arbeitslosen-Roman wäre sehr fruchtend. Man könnte in Clausthal-Zellerfeld ansetzen. Andere Dichterlein haben wir nicht getroffen. Das ist eh immer schwierig, wenn einer von seinem aktuellen Buch erzählt, der nächste von seinem gerade abgeschlossenen Aufenthaltsstipendium, der dritte von einem Preis, den er demnächst bekommen wird, der vierte gerade gar nichts hat und deshalb von seinen neusten Ergüssen berichtet, sogar einiges davon zitieren kann und der nächste von seinen Schreibhemmungen erzählt, die ihm existenziell zusetzen. Schlimm sind diese Zustände. Nein, so ein Schriftstellertreffen haben wir nicht getroffen. Und will man ein Schriftstellertreffen, dann, so der gar nicht blöde Witz, soll man sich mit einem oder mehreren verabreden.

Im Führerstand

Morgens die Kühle des Waldes, die Haare
auf seinen Unterarmen stellen sich auf
täglich zweimal hoch, zweimal runter, rechts
und links Mischwald, er kann das
nicht mehr sehen, Männer, die den Zug filmen,
dahinter das Waldsterben, das Mantra
der Fahrgeräusche, ein Gleis, das weiß er
besser als alles andere, ist die Fahrbahn
von Schienenfahrzeugen aus zwei in gleich
bleibendem Abstand verlaufenden Stahlschienen,
hier gingen Goethe und die Stasi

Aufstieg

Das Holzschild hinter Schierke ist eine verwitterte Drohung – »steil und unwegsam« werde sich der Aufstieg über das sogenannte Eckerloch gestalten. Jedoch beginnt die Wanderung mit einer angenehm sanften Steigung. Zudem scheint uns die Vormittagssonne in die Gesichter, wie bislang jeden Tag, und was noch wichtiger ist: Wider Erwarten sind noch kaum andere Wanderer zu sehen. Es geht durch kühlen Fichtenwald hinauf, ein Bach – ist es das »Schwarze Schluftwasser«, von dem die Karten flüstern? – fließt in der Nähe, man hört ihn glucksen, und nur noch selten findet ein Lichtstrahl den Weg zu uns hinab in den Waldschatten. Riesige Findlinge säumen den Weg, der mit jeder Biegung beschwerlicher wird; eine ganze Herde von Felsbrocken ist es, zutrauliche Tiere, die ganz nah herankommen, man kann ihr Moosfell streicheln, sie anfassen. In regelmäßigen Abständen ist nun das Signal der Brockenbahn zu hören, mal etwas näher, mal weiter weg, und je steiler der Ekkerlochstieg wird, desto mehr Wanderer sind zu sehen: Paare, ganze Gruppen meist älterer Herrschaften mit Wanderstöcken. Sie sind vor uns, hinter uns, obwohl wir an keiner Stelle einen Weg gesehen haben, der in unseren gemündet wäre. Dieser führt mittlerweile über die Felsrücken hinweg und ist, wo er das nicht tut, ganz mit knorrigem Wurzelgrund ausgelegt, einem gehärteten, wadenhohen Dickicht. Beim Eckerloch finden wir uns mitten in dem Betriebsausflug der Freiwilligen Feuerwehr Sindelfingen wieder, in einem ganzen Löschzug beschwipster junger Männer, die soeben die auf dem Rücken tragbare Zapfanlage in Betrieb nehmen. Jenseits der Hexentreppe schließlich, nachdem die Schienen der Brockenbahn mehrmals überquert wurden, erreicht der Weg die asphaltierte Brockenstraße. Wir reihen uns ein, lassen uns von der singenden und fotografierenden Menge bis zum Gipfel tragen, wo eben die Bahn dampfend und schnaubend einfährt und von einer Schlange Wartender johlend begrüßt wird. Die Rentnergruppe aus dem Rheinischen zieht es zu Kaffee und Kuchen, die Halbwüchsigen auf Klassenfahrt machen sich röhrend auf den Weg zum Biergarten, und dort hinten grüßt auch wieder Sindelfingens Feuerwehrmannschaft, die gerade einen Nachschlag Erbsensuppe ordert. Der Brocken ist das höchstgelegene Volksfest Deutschlands, ein Vatertag jenseits der Baumgrenze. Manch einer bringt seine Bierkiste gleich selber mit. Vor der Grillbude beginnt man zu singen, und ein Alleinunterhalter mit Schnauzbart erzählt mit beträchtlicher Lautstärke Witze, auf deren Pointe man lieber verzichtet hätte. Vor dem Abstieg der Absturz. Es herrscht ein munteres Treiben rund um die Brockenherberge und die Haltestelle mit ihren zwei Gleisen, ein Durcheinander von Vierbeinern und Zweibeinern. Zwischendrin die Lautsprecherdurchsagen mit den Ankunftszeiten der nächsten Brockenbahn. Man fühlt sich an den Frankfurter Hauptbahnhof erinnert – allerdings ist die Aussicht hier oben ohne Frage schöner. Müde vom Aufstieg, beschließen wir, uns eine Weile von der Wanderung auszuruhen, stellen uns hinten an und nehmen schließlich mit einer Tasse Kaffee Platz an einem der langen Holztische. Während wir so sitzen, in unserem Kaffee rühren und schweigend über die Ebene blicken, kommt mir eine Zeile in den Sinn, der weitere Zeilen folgen und meinen Geist aufhellen wie Tropfen um Tropfen die Kaffeesahne das Schwarz, und so zücke ich schließlich mein Notizbuch und schreibe das folgende Pantum.

brockenwirt & sohn gmbh

I

als er geboren wird, pfeift der zug
noch zweimal so laut. hell steigt es auf,
verliert sich bald darauf im wald.
der wirt, sein vater, thront und lacht

noch zweimal so laut, hell steigt es auf
aus zigaretten und zigarren.
der wirt, sein vater, thront und lacht,
gehüllt in einen hermelin

aus zigaretten- und zigarren-
schwaden, die ans fenster drücken.
gehüllt in einen hermelin
das weiße, volle mondgesicht,

schwaden, die ans fenster drücken.
der wirt, der in der küche lebt,
das weiße volle mondgesicht,
kocht und kocht die erbsensuppe.

der wirt, der in der küche lebt –
so wächst er auf. zwischen himmel und erde
kocht und kocht die erbsensuppe,
im kinderzimmer zwischen den wolken.

II

so wächst er auf zwischen himmel und erde,
ein flüstern von windjacken drum herum,
im kinderzimmer zwischen den wolken
der hexentanz der regencapes.

ein flüstern von windjacken, drum herum
die weiten ebenen, die welt.
der hexentanz der regencapes,
die es nach rändern und höhen verlangt.

die weiten ebenen – die welt –
werden die besucher von unten,
die es nach rändern und höhen verlangt.
doch oberhalb der baumgrenze

werden die besucher von unten
nichts als gräser ihrer selbst,
doch oberhalb der baumgrenze
sind ja selbst die bäume

nichts als gräser ihrer selbst,
die nur trinken und wurzeln wollen,
sind ja selbst die bäume
wesen, die nah am boden kauern,

die nur trinken und wurzeln wollen.
die letzte bahn fährt sie hinab,

wesen, die nah am boden kauern,
um zum grund zurückzukehren.

III

die letzte bahn, fährt sie hinab,
wenn die sonne sinkt gen westen,
um zum grund zurückzukehren,
läßt ein schweigen am gipfel zurück,

wenn die sonne sinkt. gen westen
nur ein glimmen unterm himmel,
läßt ein schweigen am gipfel zurück
all die dinge, die er sammeln kann:

nur ein glimmen unterm himmel
das altglas; schirme, persönliches,
all die dinge, die er sammeln kann,
die schlangenhaut eines kondoms,

das altglas, schirme, persönliches,
wie es postkarten sind, selbst vergessen.
die schlangenhaut eines kondoms,
von schuhen in den boden getreten, flach

wie es postkarten sind. selbstvergessen
baut er ein mobile aus flaschen,
von schuhen in den boden getreten, flach-
männer, so leer, daß sie singen, zerbrechlich.

baut er ein mobile aus flaschen,
so ist es schön, wenn wind mit ihm spielt.
männer, so leer, daß sie singen. zerbrechlich
die fremden frauen. kommen und gehen.

IV

so ist es schön: wenn wind mit ihm spielt,
der wind, der ihm bruder und schwester ist.
die fremden frauen kommen und gehen
nämlich, lassen ihm keine namen.

der wind, der ihm bruder und schwester ist,
die bleichen leute aus den städten
nämlich lassen ihm keine namen,
an die er sich erinnern könnte.

die bleichen leute aus den städten,
die mutterwärme der gulaschkanone,
an die er sich erinnern könnte
wie eine große eisenglucke.

die mutterwärme der gulaschkanone,
und fünfmal am tag der zug aus dem tal
wie eine große eisenglucke.
er wächst zwischen norden und süden auf,

und fünfmal am tag der zug aus dem tal:
der fahrplan ist seine erste romanze.
er wächst zwischen norden und süden auf,
all diese erde unter den füßen.

V

der fahrplan ist seine erste romanze.
zu eng erscheinen die wände aus luft,
all diese erde unter den füßen,
die nur immer rennen möchten.

zu eng erscheinen die wände aus luft,
während die jahreszeiten wechseln,
die nur immer rennen möchten
in immer weiteren, kälteren kreisen.

während die jahreszeiten wechseln,
sind tags die raubvögel in der höhe
in immer weiteren, kälteren kreisen.
was in der nacht die sternbilder

sind tags die raubvögel in der höhe.
nichts als unerreichbarkeiten,
was in der nacht die sternbilder,
die lichter der städte ringsum versprechen,

nichts als unerreichbarkeiten.
ein ganzes meer schleicht sich in seine träume,
die lichter der städte ringsum, versprechen.
aus sehnsucht ißt er manchmal fisch,

ein ganzes meer, schleicht sich in seine träume
davon, röhren im herbst auch die hirsche.
aus sehnsucht ißt er manchmal fisch,
doch auch der sohn wird einmal wirt –

davon röhren im herbst auch die hirsche.
dreihundertsechzig grad von land,
doch auch der sohn wird einmal wirt,
als sein eigener vater das tal erfährt.

VI

dreihundertsechzig grad von land –
und er als nabel mittendrin
als sein eigener vater. das tal erfährt
es, reisen doch gerüchte schnell,

und er als nabel, mittendrin
auf all diesen familienfotos –
es reisen doch gerüchte schnell –,
als neuer wirt der brockenspitze.

auf all diesen familienfotos
im ganzen land erhält er einlaß
als neuer wirt der brockenspitze,
siedelt als bild in sämtlichen alben.

im ganzen land erhält er einlaß,
ohne dabei den berg zu verlassen,
siedelt als bild in sämtlichen alben
aus allen städten, nah oder fern,

ohne dabei den berg zu verlassen:
so kommt die ebene auf ihn zu
aus allen städten, nah oder fern,
die leute singen, liegen schief,

so kommt die ebene auf ihn, zu
zehren am gemeinsamen feuer.
die leute singen, liegen schief,
würstchen gleich, welpen, eng beieinander,

zehren am gemeinsamen feuer,
bis die gesichter gerötet sind.
würstchen, gleich welpen eng beieinander,
der große grill, der funken schlägt,

bis die gesichter gerötet sind,
lampions. im firmament
der große grill, der funken schlägt,
und der bierschaummond darin.

lampions im firmament:
so wird eine neue ära.
und der bierschaummond darin
geht seinen weg, nimmt ab und zu.

VII

so wird eine neue ära
abgerundet. er ist der herr,
geht seinen weg, nimmt ab und zu
zeit sich, einen wunsch zu erfüllen.

abgerundeter ist der herr,
natürlich, und es bleibt ein bißchen
zeit, sich einen wunsch zu erfüllen.
wird ein mädchen am bahnsteig stehen?

natürlich. und es bleibt ein bißchen
zum fahrplanende. weiß in weiß
wird ein mädchen am bahnsteig stehen.
der nun noch fehlt, folgt später nach.

zum fahrplanende, weiß in weiß,
fliegen auch korken, streut man blumen.
der nun noch fehlt, folgt später nach,
um glück zu bringen, gewiß das ganze.

fliegen auch korken, streut man blumen,
als er geboren wird? pfeift der zug,
um glück zu bringen? gewiß. das ganze
verliert sich bald darauf im wald.

Zum
Brockenwirt
Hexenklause
GEÖFFNET
ÖFFENTLICHE TOILETTEN

Beim Brockenwirt

Zwei, drei Pfadfindergruppen
in Affenfelljacken führen durchs
deutsche Herzgekröse und singen
zwovier: *Die Grenze verläuft nicht*
zwischen den Völkern, sondern zwischen
Aldi Nord und Aldi Süd

drei Japaner und ein leicht
überhitzter Stratege, die mit
der Digi-Cam die Geräusche
der Entstehung einer Goulaschsuppe
dokumentieren, machen
noch kein Empfangskomitee

Gott schütze uns vor Zeitungslesern
und Schneider Weiße-Trinkern, sagt
die Frau hinterm Tresen, der Kneipenhund
mit dem Namen *Glück auf,*
das muß man sehen, steht
nachts auf vier Beinen

Fundstück

Die Welt ist voller Farben bunt,
Welch' Farben hält für mich die Stund?

1 Rot, 1 Gelb, 2 Grün, 1 Orange

Das ist ja alles hübsch bunt bei Ihnen. Fast jede Farbe ist vertreten, wobei Grün etwas dominiert. Grün steht für Ordnung, Ruhe und Systematik, im negativen Sinne auch für Langeweile, Sturheit, Langsamkeit. In Ihrem Ruhebedürfnis fühlen Sie sich aber immer gestört, denn Rot sorgt für Energie und Tatkraft, Gelb für Phantasie und Kreativität und Orange schließlich für Flexibilität und Neugier.
Eigentlich stehen Sie sich selbst ein wenig im Wege. Weder können Sie Ihrem Ruheimpuls folgen und Ordnung in ein paar Angelegenheiten bringen, noch sind Sie offen genug für Neuerungen. Vielleicht haben Sie einen genialen Einfall. Doch zunächst können Sie ihn nicht umsetzen, weil er Ihrem Ordnungssinn und Ruhebedürfnis widerspricht. Das Orakel kann Ihnen leider keinen Weg aus dieser Sackgasse weisen. Aber jetzt wissen Sie, woher Ihre Unzufriedenheit rührt.

Dies ist die Wahrheit ohne Makel,
Präsentiert vom Farborakel!

(aus dem Hexenhoroskop-Automaten, Brockenhaus)

Your personal Hartz 4
(für Mirko Bonné und Hendrik Rost)

Der Brocken ist ein Deutscher
das schrieb schon, wers schrieb
der Wald ein anderer, seit gestern
als eine Schrottplatz-Elster aufflog
verspotte ich mit meiner Großmutter
alles, was man sehen kann, z. B.
die Touristenbusse, die mit ihren
hervorstehenden Rückspiegeln
aussehen wie Insektenköpfe, und jene
die, wo kein Schnee, mit Skistöcken
oder jene, die, wo keine Not, z. B.
im erwähnten Mistwald, sich früh wie
spät die kleinen Schnapspatronen
in die Seite schießen, z. B. jene, die
nicht wissen wie, und jene, die präzise
wissen wie, und dazwischen, Oma
ist schon müd vom Blicken, das Tier
das weder schön noch derb, sich aufwärts
zu bewegen weiß, und geschmeidig ist
mit Gegenwart und Schicht um Schicht
und Kindersachen auf der Leine
vorwärts geht und geht

7

»... als ich dort stand, in Gedanken verloren, hörte ich plötzlich die unterirdische Musik des Zauberschlosses, und ich sah, wie sich die Berge ringsum auf die Köpfe stellten, und die roten Ziegeldächer zu Ilsenburg anfingen zu tanzen ...«

Heinrich Heine: *Die Harzreise*

Naturgedicht

In der nächtlichen Hülle
aus Verwunderung und Melodie
und nicht in diesem Staat
DER VOLLMOND IST
EIN WEISSER AMERIKANER
die Rinde eines Baumes
in der Strömung aus seidener Luft
da ging man vorbei
an der südlichen Neigung eines Hügels

Ilse

Ich bin die Prinzessin Ilse
Und wohne im Ilsenstein;
Komm mit nach meinem Schlosse,
Wir wollen selig sein.

Wir folgen dem Weg, den Heine hundertachtzig Jahre zuvor gegangen ist – und der also in allen heutigen Reiseführern, auf sämtlichen Wanderkarten als »Heinrich-Heine-Weg« vermerkt ist: Das ist der Nachruhm. Hier und da erinnert ein Stein mit einem in Erz gehauenen Porträt und einer Inschrift daran; auch hier im Ilsetal lädt ein solcher Findling zum Picknicken ein. Eben noch auf dem Gipfel des Brockens, auf jenem Plattenweg, der Richtung Nordosten hinabführt und knapp unterhalb der Baumgrenze in den Wanderweg Richtung Ilsenburg mündet, zuvor jedoch einen weiten Blick auf Wälder, Stauseen und auf die umliegenden Ortschaften erlaubt, sind wir nun längst wieder unter Bäumen, gehen durch ihren kühlen Schatten und werden linker Hand von dem noch weit kühleren Wasser begleitet, das zunächst als oberer, dann als unterer Ilsefall bergab springt. Der Septembertag im frühen neunzehnten Jahrhundert, an dem Heine hier mit einigen namenlosen Studenten aus Halle, Bekanntschaften aus der Brockenherberge, wanderte, muß ähnlich üppig und licht gewesen sein wie der heutige – jedenfalls legt das Heines Schilderung des Ilsetals nahe: »Es ist unbeschreibbar, mit welcher Fröhlichkeit, Naivität und Anmut die

Ilse sich hinunter stürzt über die abenteuerlich gebildeten Felsstücke, die sie in ihrem Laufe findet, so daß das Wasser hier wild empor zischt oder schäumend überläuft, dort aus allerlei Steinspalten, wie aus vollen Gießkannen, in reinen Bögen sich ergießt, und unten wieder über die kleinen Steine hintrippelt, wie ein munteres Mädchen. Ja, die Sage ist wahr, die Ilse ist eine Prinzessin, die lachend und blühend den Berg hinab läuft.« Was die Geschichte dieser Prinzessin Ilse angeht, so hatten wir in der freundlichen Gaststätte »Glück auf!« in Clausthal-Zellerfeld, bei einer Portion Bratkartoffeln, Gelegenheit, das dort zwischen den Illustrierten ausliegende, mit zahlreichen farbintensiven Abbildungen ausgestattete Standardwerk »Mythologie Harz – Märchen & Sagen« aus der Feder von Hans-Günther Griep zu konsultieren, der seinen Lesern gleich zwei Geschichten zu dem Thema anbietet. Die ausführlichere von den beiden führt Ilse als die liebreizende Tochter eines fürstlichen Riesen ein, um deren Hand ein zwar mächtiger, doch keinem Maßstab genügender Berggeist anhält. Ilses Vater lehnt nicht nur einen, sondern gleich mehrere Anträge des unattraktiven, zweifellos zotteligen, in seinem Berggeistunglück aber bedauernswerten Bewerbers ab, was diesen so erzürnt, daß er die für ihn unerreichbare Schöne mittels eines ihm bekannten Zauberspruchs in den Ilsenstein, in einen Berg also, verwandelt. Doch so, wie auch die alten Götter in den Mythen stets beides sind, Naturphänomen und Personifikation desselben Phänomens, kann auch Ilse für immer und ewig in einer Felsenhöhle des Berges wohnen, der sie ist und doch nicht ist, um jeden Morgen vor Sonnenaufgang ins Freie zu treten, ans Ufer des Baches, wo sie sich an einem großen Felsbrocken, dessen Mulde stets etwas frisches Wasser bereithält, zu waschen pflegt. Bei einer solchen Gelegenheit wird sie von einem Jüngling beobachtet, der sich augenblicklich in sie verliebt; sie jedoch flieht vor ihm und seiner Leidenschaft durch eine eiserne Tür in den Ilsenstein, man könnte auch sagen: zieht sich ganz in sich selbst zurück. In der anderen Geschichte, die Griep überliefert, führt eines schönen Tages ein junger Stallbursche die zwei prächtigen Pferde seines Herrn an der Ilse entlang, entschließt sich, eine Pause zu machen, und schläft auf dem weichen Waldboden ein. Als er erwacht, sind die beiden Tiere verschwunden, und nachdem er eine Weile so verzweifelt wie erfolglos nach ihnen gesucht hat, entdeckt er einen Gang, der in den Berg hineinführt, und, als er ihm ins Dunkel folgt, eine Höhle, in der er, unter vielen anderen edlen Rössern, seine beiden entwendeten Pferde wiederfindet. Zwar erfährt man an keiner Stelle, was Prinzessin Ilse zur Pferdediebin hat werden lassen, doch scheint ihr Faible für die Gattung ausgeprägt genug zu sein, daß sie dem Burschen die Herausgabe prompt verweigert. Immerhin schenkt sie ihm zum Trost einen schweren Rucksack, den er, so Ilses Ermahnung, erst bei Ankunft daheim öffnen solle. Natürlich kann sich der neugierige Stallbursche nicht enthalten, dem rätselhaften Geschenk schon früher, nämlich sobald er den Berg verlassen hat, auf den Grund zu schauen, und findet darin nichts als Pferdemist. Erst zu Hause rollt ihm aus dem nunmehr leeren Rucksack ein Stück Gold entgegen – ein kleiner Brocken des durch Ilses Zauberkunst geadelten Mists, der sich in einer Naht oder Falte des Stoffs verfangen hatte. Soweit Griep. Heine hingegen weiß von noch anderen Quellen zu berichten, zitiert aus Gottschalks »Taschenbuch für Harzreisende«, der Ilse nicht nur ihre Morgentoilette im Bach verrichten, sondern sie ganz ins kalte Wasser steigen läßt; er berichtet von andernorts kolportierten Liaisons der Prinzessin mit dem Ritter von Westenberg und keinem geringeren als dem altsächsischen Kaiser Heinrich und schreibt zu guter Letzt: »Ein neuerer Schriftsteller, Herr Niemann, Wohlgeb., der ein Harzreisebuch geschrieben, worin er die Gebirgshöhen, Abweichungen der Magnetnadel, Schulden der Städte und dergleichen mit löblichem Fleiß und genauen Zahlen angegeben, behauptet indes: ›Was man von der schönen Prinzessin Ilse erzählt, gehört dem Fabelreiche an.‹ So sprechen alle diese Leute, denen eine solche Prinzessin niemals erschienen ist, wir aber, die wir von schönen Damen besonders begünstigt werden, wissen das besser.« In der Tat! – und wie schnell kann es zudem geschehen, daß, von einer Wegbiegung auf die nächste, ein Teil des Fabelreichs sichtbar und die eigene Wirklichkeit zweifelhaft wird. Wir befinden uns zwischen den oberen und den unteren Ilsefällen, sind noch etwa sechs Kilometer entfernt von Ilsenburg, Heines und damit auch unserem Ziel. Die letzten Menschen, die wir gesehen haben, waren zwei ältere Männer, Angler, wie man annehmen mußte, die ihren Geländewagen auf einem Forstweg abgestellt hatten und in der feuchten Erde unweit des Baches nach Würmern gruben. Das aber ist bereits einige Zeit her, und es wird dauern, bis uns kurz vor der Stadt eine Gruppe von Wanderern begegnet. Vorerst aber folgen wir dem Pfad, der immer am Wasser entlang um einen von Wurzeln umschlungenen Findling biegt, und stoßen unvermittelt auf ein Mädchen, das auf einem Baumstumpf am Wegrand sitzt und den Bach auf seinem Weg ins Tal betrachtet. Sie mag sechzehn, vielleicht siebzehn Jahre alt sein, wer weiß, wie sehen nicht viel mehr als ihr Lächeln, das genausogut uns wie einer kostbaren Erinnerung gelten könnte, als wir, wie wir es in den fünf Tagen unserer Mittelgebirgsreise gelernt haben, auf Wandererart grüßen, an ihr vorübergehen und hinter der nächsten Biegung verschwinden. Und erst nachdem wir einige Minuten gelaufen sind, jeder mit seinen eigenen müden Gedanken beschäftigt und eingelullt vom Rhythmus der Füße, wird uns klar, wer es war, die wir da eben vor uns gehabt haben. Ein Mädchen ohne jede Tasche und Ausrüstung, weitab von den nächsten Häusern, prinzessinenblond und etwas wehmütig lächelnd am Ufer der Ilse und unweit des Ilsensteins – hätte es da noch des Badens im Gebirgswasser oder der »flötensüßen Stimme«, von der Heine schreibt, bedurft? Wir beschließen, eine kurze Pause einzulegen und uns zu sammeln, und während ich im Wasser der Ilse angestrengt nach Fischen suche, geht Björn ein paar Schritte in den Wald hinein, um das Gehen ohne Gepäck zu erleben. Als er wiederkommt, brechen wir auf, und nach einigen Minuten fragt er, ob auch ich den Alten im Wald gesehen hätte, erklärt, als ich erstaunt verneine, daß er mitten zwischen den Bäumen, abseits des Weges und nur wenige Meter hinter mir gesessen und ihm zugenickt hätte, ich gar nicht anders hätte können, als ihn wahrzunehmen, zumindest beim Aufstehen und beim Aufsetzen des Rucksacks, und ob ich ganz sicher sei. Das bin ich – und genauso zweifelsfrei wissen wir, als wir über diese neuerliche Seltsamkeit nachdenken, daß kein verliebter Berggeist sich weit vom Objekt seiner Begierde entfernen wird, selbst wenn er sich im Laufe seines freudlosen Daseins irgendwann entschließen sollte, die Berggeisttochter von nebenan zu ehelichen. Doch diese zweite Begegnung mit der Fabelwelt kann dem Zustand der Verwirrtheit, in dem wir uns seit jener Wegbiegung befinden, nichts hinzusetzen – geschweige denn die Frage verdrängen, die uns zu denken gibt: Trug Prinzessin Ilse tatsächlich Turnschuhe? Noch wäre es zu überprüfen, und doch gehen wir Schritt für Schritt und ohne uns umzusehen weiter Richtung Ilsenburg: Ahnen wir doch, daß eine Frage von solcher Banalität eine ebenso banale Antwort zur Folge haben würde, daß, mehr noch, unsere Furcht nicht ganz unbegründet sein könnte, das blonde Mädchen wäre, sobald wir zu jener Stelle zurückgelaufen sind, spurlos verschwunden, wie vom Erdboden, nein: wie vom Ilsenstein verschluckt.

Dieses Gebilde aus Häusern

In Ilsenburg angekommen, essen wir eine Kleinigkeit in drei Metern Entfernung von zwei Männern und einer Frau, die uns während des Abstiegs entgegen gejoggt waren und nach zwei Stunden überholt hatten. Die drei reden über den in einem Monat stattfindenden Brockenlauf, auf den sie sich eine Woche lang vorbereiten. Sie rennen täglich, wie aus ihrem Gespräch deutlich wird, auf den Brocken und wieder herunter. Wir essen Kuchen und Salat und stiefeln dann zu dem Bus, der uns über Drübeck-West, Drübeck-City, Drübeck-Ost nach Darlingerode-Ortsausgang bringt.

Die Unterkunft ist ein schönes Haus, keine Jugendherberge, kein Hotel, keine Pension, keine Wohngemeinschaft, irgend etwas zwischen allem. Wir erhalten einen Zimmerschlüssel, Stift und einen Zettel mit einer Tabelle, um die Getränke, die wir aus dem Kühlschrank nehmen, zu notieren. Frühstück zwischen dann und dann. Eine Gleichaltrige führt uns herum, während uns ihr Jeansjacke und -hosen tragender Freund begleitet und immer wieder durch freche Bemerkungen stört, zum Beispiel, daß man im Café hier gleich um die Ecke Frauen kennenlernen könne. Da seien noch welche frei, wie er sagt. Der bohrt weiter, fragt, ob wir verheiratet wären. Mit Frauen, fügt er an – na ja, wegen des Doppelzimmers. Wir lächeln nur blöde und gehen nicht darauf ein. Mein Gott, was sich für eine Nachrichtenflut über dieses häßliche Stück Land, dieses Gebilde von Häusern und Gärten ergießen muß, wenn man sich hier vierfüßig und männlich ein Doppelzimmer reserviert. Wir fragen nach einem Restaurant, woraufhin der Typ endlich zugänglich wird und zwei Empfehlungen für uns hat.

Nachts sitzen wir in einer Art Gemeinschaftsraum mit einem Kühlschrank, einem langen Tisch, vielleicht zwölf Stühlen und einem Fernseher. Wir trinken Kühlschrankbier und sehen das Halbfinale der Basketball-Europameisterschaft. Als in der letzten Spielminute der entscheidende Wurf für die deutsche Mannschaft gelingt, schnelle ich hoch, brülle befreit auf und schiebe das aufs Kühlschrankbier.

Die Sonne auf Höchstleistung

Nach dem Frühstück beobachte ich im großen Obstbaumgarten der Unterkunft zwei Kinder, die in einem abgegrenzten Buddelkasten mit einem baggerähnlichen Gerät, das beide an Höhe überragt, den Sand von der einen Seite des Kastens auf die andere transportieren. Darüber der blaue Himmel, die Sonne auf Höchstleistung und ein Apfelbaum, dessen Zweige leicht vom Wind bewegt werden. Gestern nacht, als wir von der Gaststätte zurück zur Unterkunft gingen, prahlte das leicht blinkende Firmament mit seiner wolkenlosen Existenz. Ein wenig hätte es sogar lächeln können, hätte man einige Sterne mit der Tinte eines Kugelschreibers verbunden. Es sah so verflixt schön aus, daß man hätte erbrechen können. Das rührte so tief im Herzen herum, daß sich die Dia- mit der Systole in der linken Kammer zum Quickstep trafen und die Weizenbier-Polkappen rechts und links der Fontanelle zu schmelzen begannen. Erbarmen, ich hätte gewollt, daß das jemand laut gerufen hätte. Die Mutter der beiden sitzt, nervös mit den Knien wippend, auf einem wackligen Gartenstuhl an einem wackligen Gartentisch, raucht hastig eine nach der anderen und schnippt die Asche so schwungvoll in den wackligen Blechaschennapf, das mir nichts anderes übrigbleibt, als sie als eine ansonsten äußerst beschäftigte Frau mittleren Alters mit zwei Kindern im Urlaub zu betrachten, die im Alltag zu denen gehört, die ihren Arbeitsplatz mit einer existentiellen Lebensbewältigungsstrategie verwechseln. Die Tagesabläufe dieser Frau könnten mit Terminen dermaßen zugetakkert sein, daß sie nun hier im auto- und stadtfreien Kinder-Urlaub, der vollkommenen Zeit bis auf das Rauchen aktionslos ausgeliefert, vielleicht ihre Sinne sublimierend darauf ausrichtet, nachts im Schlaf die Überschreitung der Datumsgrenze sensorengleich zu spüren.

Ich gehe in den hinteren Teil des Gartens und lümmele mich auf eine der Hartplastik-Gartenliegen. Ich sehe ein Eichhörnchen von Ast zu Ast springen, weit darunter, im Schatten der vom Wind angetippten Blätter der Hain- oder Hagebuche einige einfach bis dreifach gefiederte Farne, unter deren Schatten ein Grünspecht mit seinem Schnabel eine Nistkammer in den Stamm meißelt, kurz über einer Moosschicht, die über Monate auf den abgeschnittenen und hier gestapelten Ästen einer Drehkiefer gewachsen ist. Hoch oben flötet der Wind durch die feinen Gliedmaße der Wipfel. Am Himmel ziehen geschmackvolle seidig glänzende Zirruswölkchen aus getupften Büscheln herauf. Komme, was da wolle.

An der Bushaltestelle Darlingerode-Ortsausgang, an der wir am späten Mittag mit den Rucksäcken warten, hört es also auf. Auf diesem kleinen Hügel, auf dieser Schnellstraße, von gehobenen Mittelklassewagen überdurchschnittlich schnell befahren. Darlingerode, du kleinstbürgerliche Häkelfresse, niemals hätten wir dich sonst kennengelernt. Gelobt seien deine Obstgärten, die es ebenso woanders gibt, gelobt sei der Himmel darüber, der für gar nichts hier was kann. Man muß sich mal die Wahlergebnisse ansehen, vielleicht sechzig Prozent ... ach was, gelobt seien deine Einfamilienbuchten ... der Bus kommt. Klappe zu.

Mit Faßbinder

Ich war Wege lagern, sah ein Pferd zwei
Männer aus der Abfüllpinte ziehn, und sah
nen Vogel dicht vorm Sturz aufs Vierbein, das
sich duckte und zu schmal zum Aufschrein war

sah die Pendler müden Mundes auf der
Autobahn am Radio drehn, sah die Felder aufgereiht
ne dünne Siedlung, die nichts weitres tat, als spröde
abzufeiern, was schon klinisch tot seit Jahren

wollte das jetzt weitermachen, kommt
dann plötzlich dieser Tropf ins Bild
und sagt, behauptet, daß es gut
sei, dieses Leben, schade eben

im offenen

plötzliche funkstille: die grillen
unterbrechen ihr morsen. der mittag,

seine schwebe; und der strom,
der in den zäunen um die weiden jagt,

die ebene mit dem segen
der hochspannungsmasten darüber,

eine feldmaus, die im schatten
des bussards schutz vor der sonne sucht.

nicht mehr als ein gramm hummel läßt
die waagschale einer garbe sinken,

als sich der weg in die büsche schlägt.
und wieder beginnen die gräser zu rasen.

Wir spürten das mächtige Zentrum Mitteleuropas

Ein Globus hat in der Regel den Maßstab von 1:42 000 000. Das meiste ist Wasser. Die große Gefahr von ungefähr siebzig Prozent. Le grand bleu. Das klingt schön, wenn man es sagt: Le grand bleu. Das muß aber eine schöne Französin mit Kolonial-Hintergrund, sanften, leicht angetrübten Augen und vielleicht einigen dahingetupften Sommersprossen sagen. Eine Frau um die dreißig mit einem windgegerbten Gesicht. Ihr Bild habe ich in einem Dokumentar-Bildband gesehen. Diese windgegerbte Frau hat den Atlantik in 49 Tagen in einem Ruderboot überquert. Sie soll dafür ungefähr achthunderttausend Atemstöße gebraucht haben. Das habe ich anhand der angeführten Ruderschläge, die wer weiß das schon gezählt hat, errechnet. So etwas brauchten wir nicht, keine Blasen an den Händen, keine Fischangriffe, keine Herrgottswellen. Wir gingen durch die grüne Herzkammer, die grüne Lunge Norddeutschlands. Wir gingen durch allmächtige Naturphantastereien und umstiegen Steinprügel und Gesteinsbrocken aller Allmachtsformen. Wir spürten das mächtige Zentrum Mitteleuropas. Wir wanderten, gingen, stolperten selten und schleppten, trugen, buckelten und waren beobachtend wie junges Erika, ertragend wie Bäume, vom wenigen Regen verweichlicht wie Moos, und währenddessen alles registrierend wie Hügel im Morgenlicht, in der Abenddämmerung. Die Körper standen auf Höchststufe. Das Blut wurde in dreifacher Geschwindigkeit durch die Beinarterien gepumpt. Es war eine Knochenarbeit, ein sportlicher Urlaub, tagtäglich mit über 15 Kilogramm Rückengepäck zwischen 18 und 26 Kilometer zu laufen. Fast jeden Morgen hatten wir den Tau des Grases an den Wanderstiefeln. Es war September, die Füße, die Schultern schmerzten, selbst ungeahnte Körperregionen taten weh. Wir haben ungefähr 200 Kilometer zu dem zu fügen, was man eh zusammenläuft. Die Sonne schien jeden Tag, auch der Mond, die Sterne, die Hirsche ein bißchen, und wir bereuen nichts.

1797
1856
HEINRICH HEINE

Auf die Berge will ich steigen,
Wo die frommen Hütten stehen,
Wo die Brust sich frei erschließet
Und die freien Lüfte wehen.

Auf die Berge will ich steigen,
Wo die dunklen Tannen ragen,
Bäche rauschen, Vögel singen
Und die stolzen Wolken jagen.

Lebet wohl, ihr glatten Säle,
Glatte Herren! Glatte Frauen!
Auf die Berge will ich steigen,
Lachend auf Euch niederschauen.

Nachsatz

150 Jahre nach Heinrich Heines Tod und 180 Jahre nach der Veröffentlichung seiner »Reisebilder«, die die Reiseliteratur neu definierten, verließen wir unsere Schreibtische, packten die Rucksäcke und schnürten die Stiefel, um ein Experiment zu wagen, mit dem wir schon geraume Zeit geliebäugelt hatten: Wir wanderten eine Septemberwoche lang auf Heinrich Heines Spuren durch den Harz – auf klassischer Wanderroute, durch historisch und literaturgeschichtlich wichtiges Gelände, mit Heines »Harzreise« im Gepäck, kurz: Ein Selbstversuch in Spontanität und Unmittelbarkeit. Und eine Hommage an einen großen deutschen Dichter.

Björn Kuhligk / Jan Wagner, Berlin im Dezember 2005

Inhalt